Le souverain intouchable

1

— Tu peux encore faire machine arrière, déclara avec fougue la cousine, meilleure amie et témoin d'Hélène Archibald.

Elles se trouvaient dans le vestibule de la cathédrale. De l'extérieur de cette petite pièce richement décorée leur parvenaient la musique du grand orgue et le bruit assourdi d'une foule nombreuse. Mais ici, il n'y avait que Faith et Hélène, dans sa robe ivoire somptueuse dont la traîne prodigieuse recouvrait le sol pavé de marbre, ainsi qu'une profusion de fleurs qui, en ce mois de janvier particulièrement froid, n'étaient certainement pas originaires de Fiammetta, petit royaume niché dans les Alpes, entre l'Italie et la France.

Sa cousine, peu impressionnée par ce décorum ou les tableaux religieux rébarbatifs ornant les murs de pierre, crut bon d'insister.

— Après tout, on s'en fiche pas mal qu'il soit roi, non ? Si tu veux, on prend la poudre d'escampette ensemble !

Hélène s'amusa du manque de réalisme de Faith dont l'imagination romanesque ne cesserait décidément jamais de la divertir. Elle décida d'entrer dans son jeu pour oublier son trac et son cœur qui battait à tout rompre dans l'attente de l'instant mémorable. Celui où elle remonterait la nef centrale jusqu'à l'autel pour épouser l'homme qui partagerait sa vie, devant des centaines d'invités et des caméras du monde entier.

— Et que suggères-tu ? Que nous nous enfuyions à pied, sachant qu'en plus toutes les rues sont fermées par des cordons de sécurité, que la garde du palais contrôle les allées et venues, et que la foule est massée sur les trottoirs pour assister au passage du cortège nuptial ? Je doute que nous parvenions à passer incognito, surtout dans ces tenues. Par ailleurs, je te rappelle que le royaume est entouré de hautes montagnes.

Sa ravissante et fidèle amie écarta ses objections d'un revers de main, comme si rien de tout cela n'était à même de l'arrêter dans son élan. Réaction d'autant plus incongrue de la part de quelqu'un qui ne brillait pas particulièrement par ses performances sportives.

— Tu n'as qu'un mot à dire. Tu peux compter sur moi, tu le sais. Je te suivrai où que tu ailles.

La musique de l'orgue s'intensifia. Hélène devina que le souverain avait pénétré dans la cathédrale et se dirigeait vers l'abside.

— Merci, Faith, mais je pense qu'il serait très malvenu de ma part de me défiler avec tous ces gens qui se sont donné la peine de se déplacer pour assister au mariage.

— S'il s'agit d'une de tes plaisanteries douteuses – car je n'imagine pas un seul instant que tu parles sérieusement –, sache qu'elle n'est pas drôle.

Son père, qu'elle n'avait pas entendu entrer, lui jeta un regard froid.

— Il est clair que tu ne vas pas te « défiler ». Tu te maries au roi de Fiammetta. Tu mesures ta chance, au moins ?

Je ne doute pas que tu mesures la tienne, papa, songea Hélène, ce qu'elle se garda bien évidemment de rétorquer.

Il était inutile d'argumenter avec lui, elle l'avait compris depuis longtemps. Herbert Marcel Archibald était un homme sec physiquement, psychorigide, et dont l'expression paraissait outrée en permanence. Il n'y avait rien à gagner à débattre avec lui, quel que soit le sujet. La dernière fois qu'elle s'y était risquée, sa mère, une femme adorable, joyeuse et lumineuse, était encore de ce monde.

Après son décès, Hélène avait cessé d'espérer que son père s'intéresse à ce qu'elle ressentait ou à qui elle était. En revanche, il ne perdait pas de vue ce qu'elle pouvait lui rapporter et il l'avait informée qu'elle devrait suivre l'exemple de sa mère en faisant un très beau mariage. Il lui incombait de perpétuer la tradition de s'élever dans la hiérarchie sociale par ce biais, d'exceller dans tout ce qui la rendrait facile à marier avec un prétendant plus fortuné et d'une caste supérieure à celle de sa famille. Un marchandage auquel les Archibald se livraient depuis des générations.

Cette perspective ne l'avait pas particulièrement enthousiasmée, elle qui rêvait plutôt à l'époque de devenir astronaute, juge ou encore sirène, selon son humeur du moment. Alors, pour essayer de positiver, elle s'était remémoré les histoires que lui racontait sa mère, des contes de fées où les mariages arrangés entre princes et princesses se terminaient toujours bien. Une version certes idéaliste, mais nettement plus acceptable pour une jeune fille.

Parfois, elle se disait qu'elle avait parfaitement le droit de se rebeller, d'envoyer promener son père et ses idées d'un autre âge. Dans ces instants où elle sentait l'indignation gronder en elle, elle se rappelait que sa mère ne l'avait jamais fait, qu'elle était restée avec Herbert et se prétendait même heureuse, malgré la froideur manifeste de son époux.

« Je me considère comme privilégiée. Je suis en sécurité et je ne manque de rien, l'avait-elle entendue un jour confier à sa sœur, la mère de Faith. Tout le monde n'est pas destiné à vivre une passion amoureuse. Certaines personnalités s'épanouissent davantage dans une relation moins fougueuse. »

Par amour pour cette mère qu'elle admirait et qui l'avait quittée trop tôt, Hélène avait décidé de s'acquitter de ses devoirs filiaux envers son père, ce qui supposait en substance de se soumettre à ses exigences et à ses attentes tout en conservant le sourire. À bien y réfléchir, sa personnalité y avait gagné en profondeur et en maturité.

— Tu n'as qu'un mot à dire, murmura Faith dans le dos de son oncle.

Pas étonnant qu'elle ne supporte pas les mariages arrangés, elle dont les parents s'étaient unis par amour.

— Il est temps d'y aller.

— Oui, papa, allons-y.

Hélène adressa un sourire complice à sa cousine et glissa son bras sous celui de son père. Elle ne put s'empêcher d'avoir une pensée pour sa mère. En ce jour où elle s'apprêtait à lier son destin à celui d'un homme, elle ressentait plus encore son absence. Faith rabattit le voile sur son visage, et Herbert l'entraîna sur le parvis pour qu'ils fassent leur entrée par le porche principal. Arborant une expression solennelle, des gardes du palais étaient postés de part et d'autre.

Toute la cérémonie était réglée avec la minutie d'un métronome et, lorsque l'orgue entama la marche nuptiale, les portes s'ouvrirent grand, l'assistance se leva, et le père et la fille s'engagèrent dans la nef centrale.

Pour échapper aux regards braqués sur elle, qui ne faisaient qu'accroître sa nervosité, Hélène se concentra sur l'enchaînement des événements qui l'avaient conduite ici, aujourd'hui, dans cette cathédrale accrochée à flanc de montagne, au cœur d'un petit royaume sorti tout droit d'un conte de Noël. Pour la première fois, elle avait menti par omission à sa cousine et confidente, en lui laissant croire que cette union lui était imposée. Elle avait opté pour la solution de facilité, doutant de trouver les mots justes pour lui expliquer ce qui s'était réellement produit.

Au bout de cette allée interminable l'attendait son futur époux, le roi de Fiammetta en personne, et cette perspective faisait battre son cœur plus fort. Gianluca San Felice, connu dans le monde entier comme un beau ténébreux charismatique, au regard souvent sévère et au comportement irréprochable, aurait dû l'intimider, voire l'inquiéter, mais cela n'avait pas été le cas. Au contraire, dès leur première rencontre, il avait allumé une flamme dans son cœur qui, depuis, ne s'était pas éteinte.

Sous peu, cet homme deviendrait son mari et, par la suite, le père de ses enfants. Ils en auraient au moins deux, pour assurer la succession de la lignée le moment venu. C'est ainsi que les choses avaient été présentées à Hélène, qui ne s'était pas offusquée de cette absence flagrante de romantisme.

Son père n'avait cessé de lui répéter depuis qu'elle était en âge de comprendre que faire un beau mariage devait être l'unique priorité d'une héritière. Il lui avait parlé de consolidation de patrimoine et du fait que, sous réserve de négocier le contrat intelligemment, il en bénéficierait autant que sa fille... ce qui, bien entendu, s'avérait la principale préoccupation d'une fille aimante et dévouée.

Hélène avait droit à ce discours moralisateur à chaque fois – elles étaient rares – qu'elle avait l'autorisation de partager le repas de ses parents, « privilège » qui s'assortissait d'une condition sine qua non : écouter et se taire. Elle trouvait alors du réconfort dans le regard complice, pétillant et plein de tendresse, que lui adressait sa mère.

Elle savait que, plus tard, celle-ci la rejoindrait dans sa chambre pour lui raconter des histoires merveilleuses de princes charmants sans peur et sans reproche, beaucoup plus propices à nourrir son imagination que la version paternelle rébarbative.

Mais, quand l'enfant ravissante était devenue une jeune fille véritablement belle, Herbert avait eu des desseins plus ambitieux encore. D'autant que son unique descendante s'était vite avérée d'une intelligence largement supérieure à la moyenne. Il l'avait donc envoyée en pension dans une école privée en Suisse, le type d'établissements où les parents riches et puissants envoyaient leurs filles pour s'assurer qu'elles recevraient l'éducation seyant à leur rang et n'auraient aucune vie personnelle « indésirable ».

L'Institut était un modèle du genre. Une prison dorée entourée de hauts murs, protégée par des gardes, où il n'y avait qu'une classe de dix élèves par niveau, toutes destinées à vivre dans un château élégant à l'ambiance feutrée, quelque part dans le monde. Elles n'avaient pas grand-chose d'autre à faire que d'étudier, de se cultiver et de rêver au prince charmant qu'elles ne pourraient rencontrer qu'avec l'assentiment de leur famille.

Hélène avait toujours su gré à son père de l'avoir autorisée à poursuivre au-delà du baccalauréat, une chance que n'avaient pas eue beaucoup de ses camarades. Elle avait obtenu son diplôme à l'âge de vingt ans et s'était alors attendue à ce que son père la « cède » au plus offrant. Elle se voyait déjà subir des réceptions mondaines fastidieuses à n'en plus finir sous la surveillance paternelle, occasions durant lesquelles elle aurait eu à déployer son charme avec un parfait naturel, comme le lui avait enseigné l'Institut, mais aussi à essuyer les commentaires plus ou moins critiques de son père sur sa prestation.

Elle doutait de tenir une semaine à ce régime, a fortiori toute la saison estivale, ainsi que l'en avait menacée Herbert quand il l'avait installée dans leur château en Provence. Les partis auxquels il songeait étaient tous nobles et fortunés. Hélène et Faith avaient longuement échangé par SMS à leur sujet, partageant les informations glanées sur Internet, surtout celles relatives à leurs défauts, comme une addiction au jeu ou au sexe et un goût immodéré pour la fête.

— Pourquoi ne pas nous enfuir ? suggérait Faith, toujours aussi intrépide. Nous pourrions nous installer dans une ville bohème quelque part, où je vivrais de ma créativité artistique.

Sa cousine avait un penchant pour le mélodrame. La situation n'était pas aussi catastrophique, même si Hélène convenait volontiers qu'elle aurait payé cher pour avoir la vie standard d'une jeune femme du XXIe siècle. Elle avait néanmoins le devoir moral d'honorer son père, ce qui passait par le fait de respecter sa volonté. Elle l'avait promis à sa mère sur son lit de mort et elle n'avait pas l'intention de trahir sa parole. Et puis Herbert ne lui témoignait certes jamais d'affection, mais il avait toujours veillé à ce qu'elle ne manque de rien.

Selon les informations qu'il lui délivrait au compte-gouttes, plusieurs prétendants dignes d'intérêt s'étaient manifestés dans différents pays d'Europe. Elle n'en avait encore rencontré aucun quand, un jour, un émissaire royal s'était présenté au château et, avec une solennité qui en d'autres circonstances aurait prêté à rire, avait délivré le message suivant : Hélène avait réussi à attirer l'attention – comment, il ne l'avait pas précisé – de Sa Majesté le roi de Fiammetta, qui souhaiterait vivement faire sa connaissance.

Cela avait été formulé davantage comme un insigne honneur accordé par le souverain que comme une requête de sa part.

— Grand Dieu, ma fille ! avait lancé Herbert Archibald ce soir-là au dîner, sortant exceptionnellement de sa réserve. Si tu gâches cette opportunité, je ne te le pardonnerai jamais.

Une menace totalement injustifiée, compte tenu du comportement exemplaire dont elle avait toujours fait preuve pour le satisfaire et avoir la paix ! Une fois de plus, elle ne s'était pas rebiffée.

La suite des événements avait obéi à un rituel, semble-t-il, bien rodé. Hélène avait rencontré, en présence ou non de son père, différents conseillers du roi, chacun ayant sa propre batterie de questions et tous se livrant à une véritable inquisition, le tout enrobé dans des formules d'une courtoisie surfaite. Elle avait été tenue de leur fournir une sauvegarde complète de son ordinateur portable ainsi que la liste de ses mots de passe, et de leur raconter sa vie dans les moindres détails. Le plus souvent, elle avait eu l'impression qu'ils connaissaient déjà les réponses et voulaient s'assurer de sa probité.

— Vous avez envoyé un SMS à votre cousine au sujet de notre dernière entrevue, lui avait dit un émissaire, un mois environ après le début de cette enquête approfondie. Si mes souvenirs sont bons, vous lui avez écrit que, je cite, le roi vous faisait de plus en plus penser à l'arlésienne dont on parle tout le temps et qu'on ne voit jamais.

— En effet, avait répondu Hélène en souriant, soulagée que son père n'assiste pas à l'entretien car, sinon, il lui aurait interdit de communiquer avec Faith, qu'il n'appréciait pas outre mesure. Comment m'en blâmer ?

Le souverain en personne s'était présenté au château le lendemain...

Tandis qu'elle remontait cette nef interminable au bras

de son père, Hélène faillit trébucher en se remémorant cette journée si particulière.

Un monarque ne débarque jamais à l'improviste quelque part, même s'il veut rester incognito. Il se fait annoncer. Le matin de ce fameux jour, un messager était arrivé en éclaireur, suivi de près par une équipe chargée de sécuriser le périmètre.

Pendant qu'elle passait le château au peigne fin, Herbert s'était hélas concentré sur l'apparence de sa fille. Hélène avait dû modifier sa coiffure à trois reprises. Une tresse souple avait fini par remporter l'approbation paternelle. Il en avait été de même pour la tenue vestimentaire.

L'un des enseignements qu'Hélène avait retenus de son séjour à l'Institut, c'était l'inutilité de soumettre des suggestions parfaitement sensées à une personne qui ne l'était pas. Aussi avait-elle évité de demander à son père s'il n'aurait pas mieux valu qu'elle se montre sous son vrai jour. Après tout, c'est ainsi qu'elle avait séduit le roi et non en raison d'une quelconque machination paternelle, Herbert, bien que dévoré d'ambition, n'ayant jamais osé imaginer que la royauté pouvait être à sa portée.

Elle avait donc troqué son pantalon contre une robe longue d'été et s'était maquillée comme pour une soirée formelle avant d'être expédiée dans l'un des petits salons, avec l'ordre de s'asseoir dans un fauteuil en prenant la pose la plus gracieuse possible et d'attendre. Son père accueillerait Sa Majesté.

Hélène s'était exécutée et, pour tuer le temps, elle s'était exercée à avoir un sourire énigmatique, arme féminine fatale et jeu auquel elle se livrait avec ses camarades de classe à l'Institut. Elles avaient même organisé un concours entre elles. Hélène ne l'avait pas remporté, son sourire reflétant trop de douceur, de joie et d'espoir. Depuis, elle avait appris à maîtriser sa spontanéité, mais toujours pas son sourire. En cela, elle était la digne fille de sa mère.

Sentant la nervosité la gagner à mesure que l'attente se prolongeait, elle s'était traitée d'idiote. À quoi bon se mettre dans tous ses états pour un inconnu qu'elle ne reverrait peut-être jamais, tout roi fût-il ?

Et si, contrairement à ce que maman m'a raconté, le prince charmant n'existait pas ?

Refusant d'écouter cette voix intérieure perfide, elle avait bravé l'autorité paternelle et s'était levée pour s'approcher de la porte-fenêtre. Celle-ci donnait sur un petit jardin que sa mère affectionnait particulièrement. Hélène n'avait pas résisté à la tentation de sortir pour aller respirer le parfum enivrant des fleurs.

Et, quand elle s'était retournée avec l'intention de regagner le salon, son souffle s'était bloqué dans sa gorge et son cœur s'était mis à tambouriner dans sa poitrine. Même sans l'avoir vu sur Internet ou sur les photos que lui avaient apportées ses émissaires, elle aurait reconnu le roi à son aura. Il émanait de lui une autorité naturelle. Il était encore plus beau que sur papier glacé ou à l'écran. Pas étonnant que la presse people l'ait élu le célibataire le plus convoité de la planète et que les femmes se pâment devant lui.

Pour ce qui la concernait, pas question de se prosterner devant lui. Oubliant les bonnes manières inculquées à l'Institut, elle l'avait dévisagé, songeant qu'il y avait pire punition qu'un mariage arrangé avec un tel apollon. Même si elle avait affaire à un homme imbu de sa personne, inculte ou capricieux, elle pourrait toujours se consoler en admirant son physique.

Troublée par le cours qu'avaient pris ses pensées, elle s'était ressaisie et avait plongé dans une révérence parfaite, comme il se doit en présence d'une tête couronnée. Son corps lui avait obéi, malgré ses jambes qui flageolaient et son pouls qui lui martelait les tympans. Un exercice qu'elle avait pratiqué à maintes reprises sous la houlette de la directrice de l'Institut, Dieu soit loué !

— Relevez-vous, lui avait-il simplement dit.

Elle avait obtempéré et s'était efforcée de demeurer impassible sous le regard qui l'examinait de la tête aux pieds, alors qu'en son for intérieur l'envie la tenaillait de dire quelque chose d'intelligent pour lui prouver qu'elle n'était pas une potiche décorative que son père cherchait à caser.

— Dans un instant, je vais faire mon entrée dans le château, avait-il déclaré, mais l'expérience m'a appris à me méfier des apparences, et j'aime bien jeter un coup d'œil avant à la jeune femme que je m'apprête à rencontrer.

Consciente qu'elle n'avait pas affaire au commun des mortels mais à un monarque, et que l'étiquette imposait une certaine retenue, elle s'était contentée de lui sourire.

— Parlez librement. Après tout, c'est moi qui me suis introduit dans votre jardin comme un voleur.

— Qu'espériez-vous découvrir ?

— Ces petites incursions contraires aux convenances sont très instructives, en réalité. Je constate parfois que l'intérieur est complètement en désordre, à part la pièce prévue pour l'entrevue, ou au contraire trop propre, un peu comme une scène de crime. Il m'est aussi arrivé de surprendre la prétendante en train d'aboyer des ordres au personnel de maison ou de crier de façon hystérique, ne se sachant pas observée.

— Pardonnez-moi, mais il me semble que ce comportement est souvent associé aux personnes de sang royal.

Une remarque très osée compte tenu du rang de son interlocuteur. Hélène s'était attendue à ce que Gianluca San Felice en prenne ombrage et la raye de sa liste de prétendantes.

Aussi avait-elle été très surprise de le voir sourire. Si son regard évoquait une nuit sombre piquetée d'étoiles, son sourire était aussi lumineux qu'un soleil d'été. Pour Hélène, cela avait été une véritable révélation. Elle avait su avec une certitude absolue que, derrière ce masque un peu hautain, se cachait un homme sensible, un homme capable de rendre une femme heureuse, et l'avenir lui était alors apparu sous un jour beaucoup plus radieux.

— Bon nombre de membres de la royauté sont d'odieux personnages, je vous l'accorde. Pourquoi croyez-vous que je suis venu en avance pour espionner ? Parce que je ne connais que trop bien ce genre d'attitude et que je veux éviter à tout prix d'épouser quelqu'un comme ça.

— Je comprends, mais il faut aussi savoir se fier à son intuition.

— Merci pour le conseil, avait-il répondu avec une moue amusée. Je constate que vous ne manquez pas de naturel.

— Une qualité que cultivait ma mère. Ce jardin rempli de fleurs est à son image. C'est elle qui l'a conçu et, chaque fois que j'y viens depuis qu'elle nous a quittés, j'ai l'impression de la retrouver, et cela me rend heureuse.

— Le bonheur est-il pour vous l'objectif ultime ?

— Il s'agit plutôt d'une quête quotidienne.

Il l'avait dévisagée avec encore plus d'insistance, comme s'il cherchait à la sonder pour découvrir une faille dans sa personnalité.

— Et si je vous disais que, pour ma part, je ne crois pas au bonheur...

Malgré la légèreté de son ton, elle avait décelé une profonde gravité dans son propos.

— Je vous plaindrais de tout mon cœur, Votre Majesté.

De nouveau, elle avait eu conscience d'enfreindre les règles, mais il n'avait pas semblé s'en offusquer. Au contraire, il paraissait prendre un réel plaisir à converser avec elle.

— En revanche, je crois au devoir, mademoiselle Archibald.

— À mon sens, l'un et l'autre ne sont pas incompatibles.

Il avait plongé le regard dans le sien, et elle s'était sentie frémir. Puis il avait incliné la tête et déclaré avec un demi-sourire :

— Au plaisir de faire votre connaissance sous peu, mademoiselle Archibald.

Il avait alors tourné les talons et s'était volatilisé aussi vite qu'il était apparu, comme par magie. Hélène était restée plantée là, le cœur battant à tout rompre, perdue dans un rêve éveillé, avec le sentiment d'avoir enfin rencontré le héros des contes de fées que lui racontait sa mère, le prince charmant qui enchantait ses rêves d'enfant.

Quand elle s'était enfin ressaisie, elle avait regagné discrètement le petit salon et avait pris la pose dans le fauteuil, ainsi que son père le lui avait ordonné.

Combien de temps avait-elle dû patienter ? Sans doute pas plus d'un quart d'heure, mais cela lui avait paru une éternité. Elle avait tout d'abord entendu la voix de son père, puis la porte s'était ouverte, deux gardes du palais s'étaient postés de part et d'autre, et Sa Majesté royale, le roi Gianluca de Fiammetta en personne, avait fait son entrée. Elle avait aussitôt plongé dans sa plus belle révérence. Quand elle s'était redressée, elle avait surpris dans le regard ténébreux une lueur de connivence. À cet instant précis, elle avait su avec une certitude absolue qu'elle épouserait cet homme et qu'avec lui elle construirait son avenir.

Et voilà justement ce qu'elle s'apprêtait à concrétiser aujourd'hui même, dans cette cathédrale, devant des centaines d'invités de marque comme autant de témoins de leur engagement réciproque.

Durant l'été qui avait précédé cette cérémonie, elle avait appris à connaître son fiancé par petites touches, à l'occasion de promenades dans le jardin et d'entrevues très encadrées dans le château en Provence. Elle s'était surprise à guetter le sourire rare et imprévisible dont il semblait lui réserver l'exclusivité. Ce sourire l'avait aidée à passer outre aux commentaires paternels désobligeants et aux leçons de morale qu'elle ne méritait pas. Car Herbert avait toujours quelque chose à redire à sa tenue vestimentaire, à son attitude ou à ses initiatives. Il avait manifestement eu du mal à supporter tous ces préliminaires qui, selon lui, traînaient en longueur, ce qui n'augurait rien de bon. Sous l'effet du stress, il était devenu encore plus acerbe, plus autoritaire, voire tyrannique.

Et puis l'événement tant attendu était enfin arrivé : Gianluca San Felice lui avait enfin demandé la main de sa fille.

Pendant la période des fiançailles, Hélène s'était rendue à maintes reprises au palais de Fiammetta, toujours en compagnie de son père et d'un chaperon. Il y avait eu des tonnes de documents contractuels à signer. S'unir à un roi était, semble-t-il, avant tout une affaire juridique. Hélène avait eu la désagréable impression de devenir la propriété du royaume de Fiammetta. Elle avait eu droit à une nouvelle garde-robe complète, avait fait plusieurs apparitions au bras du roi à des réceptions officielles afin que le public se familiarise avec sa future souveraine, s'était prêtée au jeu des pseudo-escapades en amoureux dans le parc, à la mise en scène savamment orchestrée pour alimenter la une des journaux en photos prétendument prises sur le vif et en articles élogieux sur le beau couple qu'ils formaient tous les deux.

Car, en réalité, ils ne s'étaient jamais retrouvés vraiment

en tête à tête. Alors Hélène s'était réfugiée, le soir venu, dans un univers qui n'appartenait qu'à elle, un univers issu de son imagination romantique où seuls comptaient les sourires fugaces de Gianluca et les étoiles brillant au fond de ses prunelles sombres.

Comme elle approchait de l'autel au bras de son père, elle osa enfin lever les yeux vers celui dont elle s'apprêtait à devenir l'épouse, et toutes sortes de superlatifs surgirent à son esprit pour le qualifier. Parmi eux, « majestueux » était sans doute le plus fidèle à la réalité. Non seulement Gianluca était beau et viril, mais il avait aussi beaucoup de prestance, une classe innée faite à la fois d'autorité naturelle et d'aisance.

Tandis qu'elle avançait vers lui, il la fixait avec une intensité telle qu'elle ne put réprimer un frisson. Son père perçut vraisemblablement son tremblement, car il serra davantage son bras. Il y avait fort à parier qu'il redoutait qu'elle cède au doute et se rétracte au dernier moment, condamnant ainsi définitivement ses propres projets d'ascension sociale.

Or, rien n'était plus éloigné de la réalité.

Car elle ne l'avait avoué à personne, pas même à Faith, mais tout en elle lui enjoignait d'épouser cet homme : son cœur, sa tête, son corps... Même si Gianluca n'avait pas été roi, même s'il avait été un illustre inconnu, elle aurait uni son destin au sien. Parce que, quand il posait sur elle son beau regard, elle se sentait vibrer. Tout son corps s'embrasait, et ses émotions étaient semblables à celles décrites dans les romans d'amour qu'elle lisait en cachette.

Sa cousine avait beau ne pas approuver cette union, Hélène savait malgré son inexpérience dans ce domaine qu'elle ne rencontrerait pas d'autre homme capable de susciter en elle de telles émotions. Aussi étrange que cela puisse paraître, elle l'avait su dès le premier jour.

Elle rejoignit son futur époux, et la cérémonie religieuse commença. Celle-ci se déroula comme dans un rêve. Enfin, ce fut le moment de l'échange des vœux et des alliances. Celle qu'elle porterait désormais en gage de sa fidélité complétait à merveille la précieuse bague ornée d'un diamant d'une pureté exceptionnelle que Gianluca lui avait offerte à leurs fiançailles. Quand vint son tour de s'engager, c'est d'une voix déterminée qu'elle prononça les quatre mots qui scelleraient son destin :

— Oui, je le veux.

2

Ce n'est qu'après la cérémonie, alors que la réception battait son plein, que Gianluca s'accorda quelques instants pour laisser son esprit vagabonder.

Il n'était désormais plus le célibataire le plus convoité de la planète, mais un homme marié.

Dès sa naissance, c'était inscrit. En sa qualité d'unique héritier de la Couronne, il n'avait jamais vraiment eu le choix. D'autres dans sa situation auraient néanmoins cherché à se dérober ou épousé la première venue ou presque pour s'acquitter de leurs responsabilités, mais pas lui.

Gianluca s'était efforcé au contraire de dénicher la perle rare, la souveraine idéale pour son royaume, et ce depuis que le décès prématuré de son père dix ans auparavant avait catapulté ce sujet sur le devant de la scène, transformant un hypothétique projet en une priorité de la plus haute importance.

Cependant, malgré l'attention méthodique qu'il y avait porté, il n'avait pas réussi à trouver la candidate parfaite qui pourrait s'asseoir à ses côtés sur le trône… jusqu'à ce qu'il rencontre Hélène.

Hélène qui, à en juger par ce qu'il connaissait d'elle, cochait quasiment toutes les cases, qu'il s'agisse d'éducation, de personnalité, de physique, de classe naturelle, sans oublier la vivacité d'esprit. Hélène, qui savait se montrer spontanée sans être irréfléchie pour autant et osait lui dire des choses que son entourage, même proche, se gardait bien d'aborder devant lui.

À ses nombreuses qualités s'ajoutait un atout, et non des moindres, un peu comme la cerise sur le gâteau : Hélène avait un corps magnifique, un corps fait pour l'amour. Quand il l'imaginait nue, sa libido s'éveillait aussitôt, et Gianluca avait toutes les peines du monde à se concentrer. En cet instant précis, il aurait volontiers écourté la soirée pour se débarrasser au plus vite de ses invités, aussi importants soient-ils, afin d'explorer les courbes si féminines de sa jeune épouse.

Il chassa les pensées érotiques que suscitait cette perspective. Cet aspect de leur union devait rester au second plan. Ce qui comptait vraiment c'était qu'Hélène parvienne à assumer ses responsabilités. Voilà pourquoi, contrairement à son père, il avait pris le temps de sélectionner la meilleure candidate susceptible d'occuper la fonction de reine. Car c'était bien d'un job à vie dont il était question, un job exigeant et ingrat à bien des égards. Il en savait quelque chose...

Et, pour ne prendre aucun risque, il avait diligenté une enquête approfondie sur la jeune femme, depuis sa naissance jusqu'à aujourd'hui. Aucune zone d'ombre n'en étant ressortie, il avait eu la confirmation qu'Hélène Archibald avait le profil requis pour devenir Sa Majesté la reine de Fiammetta, devant Dieu et les hommes.

Dans cette marée humaine qui s'agitait devant lui, il ne voyait qu'elle. Elle discutait avec sa cousine tandis que les membres de l'aristocratie du royaume l'observaient à la dérobée, guettant le faux pas ou la faille. Or, Hélène était aussi gracieuse qu'elle était belle, offrant son sourire ravissant et authentique à tous ceux qui venaient lui présenter leurs respects.

Gianluca avait tendance à penser que cette union serait bien plus qu'un mariage de raison. C'était sans doute la meilleure décision qu'il ait jamais prise, du moins l'espérait-il du plus profond de son être.

Quoi qu'il en soit, il veillait à ne pas regarder la jeune femme avec trop d'insistance, craignant que son regard ne trahisse ses sentiments. Pas question que son couple devienne la principale source de commentaires sur son règne, comme cela avait été le cas de celui de son père.

Très jeune, Gianluca avait appris à dissimuler ses pensées derrière un masque indéchiffrable. Cela lui rendit particulièrement service aujourd'hui, en cette journée riche en émotions, comme ce fut le cas dans les moments trop fréquents à son goût où il assistait impuissant aux joutes verbales parentales. Le pire, ce n'était pas que le couple de ses parents se déchire dans l'intimité, mais que leurs altercations répétées deviennent de notoriété publique et entachent la réputation du royaume. Depuis dix ans, il s'employait à redorer le blason de son pays et à démontrer qu'il ne suivrait pas ce piètre exemple.

Il ne permettrait pas à son épouse de se comporter comme sa propre mère, de faire fi de ses vœux et de traîner la Couronne dans la boue. Une reine n'avait pas le droit d'étaler sa vie privée sans la moindre pudeur, dans l'intention mesquine de se venger parce que – telle était du moins la version maternelle – sa sensibilité avait été heurtée.

Version à laquelle il avait toujours eu du mal à adhérer car, si Elettra avait été aussi maltraitée qu'elle le prétendait par son mari, pourquoi ne l'avait-elle pas quitté ? En réalité, elle aimait faire des scènes, et se présenter comme une victime aux yeux de tous nourrissait son goût malsain pour le drame.

Gianluca se ressaisit, conscient de l'attention dont il était l'objet. Vivre sous le regard des autres faisait partie des contraintes liées à son rang, et il avait fini par s'y habituer. Il salua d'un mouvement de la tête un groupe de diplomates et offrit un sourire « version officielle » à des cousins éloignés. En revanche, il n'invita personne à venir le rejoindre, et nul n'osa s'approcher de lui.

Pas même cette fouine de Lady Anselma, une amie de la reine mère et une « source anonyme » qui relayait auprès de la presse people toutes les informations concernant la vie au palais qu'elle pouvait glaner et celles qu'Elettra voulait diffuser. Cette femme faisait aussi partie du fan-club de la reine mère, lequel lui trouvait toutes sortes d'excuses pour justifier sa conduite pour le moins inappropriée.

Parmi les plus fréquentes, il y avait l'âge. Elettra était soi-disant trop jeune quand elle avait épousé le roi Alvize. Un argument très contestable puisqu'elle venait de fêter ses dix-neuf ans, tout comme Gianluca quand il avait intégré l'armée et qu'on avait attendu de lui qu'il se comporte en adulte. D'autant qu'à l'époque elle brillait dans les concours internationaux de dressage de chevaux, ce qui supposait une certaine maturité, et elle avait même décroché une médaille d'or six mois avant de monter sur le trône de Fiammetta.

Personne n'avait alors suggéré qu'elle n'était pas assez mûre ou pas assez solide psychologiquement pour concourir à si haut niveau. Et qu'y avait-il de si compliqué dans les règles du mariage ? Soit on les suivait, soit on choisissait de les enfreindre, mais on ne pouvait pas prétendre ne pas les avoir comprises.

D'aucuns allaient même jusqu'à soutenir que le roi était responsable des trahisons qu'il subissait. Gianluca n'était pas près d'oublier les soirées houleuses dans les appartements du couple royal. Enfant, il s'efforçait de se faire le plus petit possible ; s'il avait pu disparaître sous terre, il l'aurait volontiers fait tant les altercations étaient violentes. Elles portaient toujours sur le même sujet : le premier grand amour d'Alvize, Lady Lorenza, qui avait été promise à un autre. Le père de cette dernière avait respecté ses engagements, bien que Lorenza ait fréquenté Alvize avant ses fiançailles officielles.

À en croire la presse à scandale, ils avaient eu une relation passionnelle au point que chacun s'était interrogé : le roi allait-il rompre avec une tradition vieille de plusieurs siècles et l'épouser ? Une loi coutumière stipulait en effet que le souverain de Fiammetta devait s'unir avec une jeune femme vierge.

Pour Gianluca, son père était autant à blâmer que sa mère. Bien sûr, celle-ci avait été d'une frivolité inexcusable, mais le roi aurait dû mieux gérer sa femme afin d'éviter que le scandale rejaillisse sur la famille des San Felice.

Ce soir, protocole oblige, les deux rivales, Lorenza et Elettra, faisaient toutes les deux partie des invités, et Gianluca espérait que sa mère saurait se comporter avec dignité, malgré sa propension à faire des scènes. Ce qui l'avait toujours rendu perplexe, c'était qu'Alvize connaissait parfaitement les règles. Elles lui avaient été inculquées, tout comme à lui, dès son plus jeune âge par des précepteurs dont la mission consistait à veiller à ce que le prince héritier perpétue les us et coutumes séculaires du royaume. Alors, si Alvize avait l'intention d'épouser celle qu'il semblait aimer passionnément, pourquoi ne s'était-il pas montré plus discret sur cette liaison ? Et surtout, pourquoi n'avait-il pas demandé la main de sa bien-aimée ?

Au lieu de quoi, il avait foncé droit à la catastrophe en épousant une diva comme Elettra, qui avait désespérément besoin d'être au centre de l'attention. Celle-ci ne pouvait ignorer que le cœur de son époux appartenait à une autre, même si elle avait toujours prétendu l'avoir découvert après le mariage. Dès lors, elle s'en était servie pour justifier ses écarts de conduite tandis que sa supposée rivale était mariée et manifestement heureuse en ménage.

Dans un esprit de vengeance, elle n'avait pas fait mystère de sa vie sentimentale tumultueuse, ni auprès de son mari ni auprès de la presse people, mettant le palais dans l'embarras le plus complet. Elle pensait certainement punir le roi.

Sa stratégie avait-elle fonctionné ? Gianluca n'aurait su le dire, car son père cachait ses émotions en public et se montrait lunatique en privé. Le peuple de Fiammetta était, quant à lui, partagé sur le sujet. Les uns avaient choisi le camp d'Alvize, les autres, celui de la reine. Tous s'accordaient néanmoins à déplorer que le couple royal affiche autant leurs différends.

Ce que Gianluca ne savait que trop bien, en revanche, c'était qu'après la mort de son père il avait dû réparer les dégâts que les scandales à répétition avaient engendrés. Par chance, sa mère s'était assagie depuis qu'elle était veuve et faisait moins la une de l'actualité. Moins il la voyait, mieux il se portait et, par une sorte d'accord tacite, ils prenaient soin l'un comme l'autre de s'éviter.

Elle avait manifestement décidé ce soir d'enfreindre la règle, car il la vit s'avancer vers lui d'une démarche assurée.

— Tu ne t'inclines pas pour saluer ta mère ? dit-elle avec un petit rire destiné à leurrer les personnes voisines sur la nature de leur échange. Tu ne fais pas ce petit effort, pas même le jour de tes noces ?

— Ne vous plaignez pas, madame, répondit-il d'une voix glaciale. Je vous ai invitée, c'est déjà bien.

Elle ne cilla pas. Pour avoir assisté à de nombreuses passes d'armes entre ses parents, Gianluca avait pu constater qu'Elettra maîtrisait l'art de la joute oratoire à la perfection. Bien plus que son époux au tempérament colérique, qui finissait très vite par sortir de ses gonds.

— La nouvelle reine est une jeune femme charmante. A-t-elle conscience, la pauvre, de ce qui l'attend avec toi ? Ce cœur de pierre qui se cache dans ta poitrine risque fort de vous briser tous les deux. Sans oublier ton incapacité à pardonner. Je crains que votre couple en pâtisse.

— Êtes-vous venue me prodiguer des conseils conjugaux ?

— Je m'en garderais bien, Gianluca, étant très mal placée pour le faire. Toutefois, j'espère que mon exemple te servira à quelque chose.

— Je ne le crois pas car, voyez-vous, mon épouse n'est pas comme vous : elle ne trahira pas ses engagements.

Cette fois, sa mère marqua le coup ; elle eut l'air peinée. Mais, ayant déjà eu à maintes reprises l'occasion d'admirer ses talents de comédienne, il ne s'y laissa pas prendre.

— Aussi, je vous prierai de ne pas chercher à vous immiscer dans nos affaires. Vous n'aurez aucune relation toutes les deux, j'y veillerai personnellement. Je veux éviter toute tentative de perversion destinée à tromper votre ennui.

— Je n'ai même pas encore rencontré ma belle-fille.

— À dessein, répliqua-t-il sur un ton qui démentait la politesse de son sourire, avant de tourner les talons.

Il traversa la salle de réception à la recherche d'Hélène. Les invités s'écartaient sur son passage et s'inclinaient devant lui.

Il en voulait à sa mère d'avoir gâché ce moment. Il aurait sans doute été plus avisé de ne pas la convier, mais cela aurait fait jaser, et il ne supportait plus les commérages. Il n'y en avait eu que trop au sujet de la famille royale. Il ne comprenait pas comment Elettra pouvait encore s'imaginer revenir en grâce auprès de lui, après tant d'années. Dix ans de déni... D'autant qu'il ne lui avait pas épargné ses critiques sur son comportement, avant même la mort de son père. Ce soir, elle aurait dû se contenter de le remercier d'avoir été invitée au lieu de l'accuser d'avoir un cœur de pierre. Et, le cas échéant, à qui la faute ?

Il aperçut Hélène et oublia aussitôt la reine mère. La jeune femme avait manifestement été accaparée par son père, un personnage fort peu sympathique à l'ambition démesurée, qui l'exhibait tel un trophée et dont l'intention à peine dissimulée était de se servir d'elle pour sa propre ascension sociale. Nul doute que des portes qui jusque-là lui étaient fermées ne tarderaient pas à s'ouvrir pour accueillir le père de la reine ! Réussir par procuration ne semblait pas gêner beaucoup cet homme, qui suscitait une méfiance instinctive chez son gendre.

— Permettez-moi de vous enlever mon épouse.

Malgré la courtoisie de son ton, il s'agissait plus d'un ordre que d'une requête.

Il lui prit la main. Quand elle se tourna vers lui, un sourire ravissant illumina son visage. Gianluca éprouva alors un curieux pincement au cœur. Pourtant, il n'était pas du genre à tomber amoureux. Pas comme son père, qui s'était ridiculisé. Très jeune, il avait rejeté l'idée même de passion amoureuse. L'exemple déplorable de ses parents l'avait immunisé.

Pour autant, il ne pouvait nier qu'Hélène l'avait séduit dès leur première rencontre. Les candidates qui l'avaient précédée au cours des dix dernières années étaient toutes jolies, ce qui était vraisemblablement une condition sine qua non pour épouser un roi. En revanche, il avait nettement senti chez la plupart d'entre elles que cette beauté esthétique allait de pair avec une froideur et un complexe de supériorité.

Hélène, pour sa part, avait une grâce naturelle qui la rendait rayonnante et une volupté dont elle n'avait certainement même pas conscience. Il suffisait qu'il l'effleure du regard pour que surgissent toutes sortes de pensées érotiques.

Il se rappelait avec une clarté étonnante cette journée d'été en France quand il l'avait vue pour la première fois. Une fleur parmi les fleurs : voilà ce qu'il avait immédiatement pensé. Elle portait une robe qui mettait ses rondeurs féminines particulièrement en valeur. Elle l'avait dévisagé avec une intensité presque dérangeante. Dans son beau regard pailleté d'or, il y avait de l'émerveillement, comme si son apparition inopinée était une révélation, le fruit d'un vœu qu'une bonne fée aurait exaucé.

À ses yeux, Hélène représentait une énigme qu'au bout de quelques mois il n'avait toujours pas résolue. Pourquoi cette jeune femme capable de mettre tous les hommes à ses pieds ne profitait-elle pas de ses atouts indéniables pour parvenir à ses fins ? Elle aurait pu obtenir tout ce qu'elle voulait, mais il semblait qu'il n'y ait pas une once d'esprit manipulateur en elle. Serait-il tombé sur la perle rare ? Il le souhaitait de tout cœur, mais n'y croyait guère. Ce soir, dans sa robe de mariée d'un blanc immaculé, elle symbolisait pourtant l'image même de la pureté virginale.

Gianluca avait toujours considéré sa nuit de noces ni plus ni moins comme l'un de ses multiples devoirs royaux. Il espérait, bien sûr, trouver une épouse avec qui ce ne serait pas une corvée, mais il ne s'était jamais appesanti sur le sujet, se concentrant plutôt sur l'absolue nécessité pour la future souveraine d'avoir une réputation sans tache et une dignité qui l'empêcherait de se conduire comme la reine mère.

Ce soir, il avait néanmoins du mal à refréner son impatience en imaginant ce qui l'attendait dans le lit conjugal. C'était d'autant plus ridicule qu'il savait pertinemment où menaient les émotions.

Il devrait pourtant patienter encore quelques heures car, conformément à la tradition, il lui incombait d'ouvrir le bal. Il entraîna donc Hélène sur la piste en parquet, l'enlaça et commença à se mouvoir au rythme de la musique. Le corps qu'il veillait à ne pas trop serrer contre lui bien qu'il en meure d'envie était ferme et souple. La jeune femme dansait avec grâce et, malgré son peu d'intérêt pour ce qu'il estimait n'être qu'une obligation sociale, il se surprit à apprécier l'expérience, comme un avant-goût de plaisirs plus intimes.

— Cette réception vous plaît ?

Une lueur d'amusement éclaira le regard si expressif de la jeune mariée.

— Je peux difficilement répondre par la négative, n'est-ce pas ? Ce serait inconvenant de ma part. Après tout, cette soirée est censée être aussi un peu la mienne, Votre Majesté.

Gianluca réprima un sourire.

— Nous sommes mariés à présent, Hélène. Vous pouvez m'appeler par mon prénom quand nous sommes seuls.

— Ce qui n'est pas précisément le cas, si je me fie à mon sens de l'observation, rétorqua-t-elle d'un ton taquin. *Gianluca*, ajouta-t-elle à voix basse.

Sa façon de prononcer son nom était comme une caresse, et l'avenir lui parut alors sous un jour radieux. Il ne doutait pas que son couple réussirait, par son harmonie, à reléguer aux oubliettes celui, sulfureux, de ses parents. Après dix ans de recherches infructueuses, il avait enfin trouvé celle qui le soutiendrait jusqu'à la fin de ses jours. Il en avait désormais la certitude.

Dès le début, en Provence, ils avaient passé des heures agréables ensemble à discuter de tout et de rien, à échanger des anecdotes et des souvenirs, cherchant l'un et l'autre à s'évaluer. Cependant, ils n'avaient jamais été vraiment seuls.

Après sa demande en mariage, il avait pu la courtiser, mais là encore ils n'avaient guère eu d'occasions de tête-à-tête, ayant dû se prêter au jeu des séances photo officielles afin que le peuple de Fiammetta se familiarise avec sa future reine en un laps de temps somme toute assez court.

Ce processus plutôt strict aurait paru archaïque à plus d'un de sa génération, mais Gianluca n'était pas moderne. Il croyait en la vertu des rites ancestraux, ceux-là mêmes qui avaient maintenu sa famille sur le trône durant des siècles.

Ses grands-parents avaient appris à se connaître une fois mariés, et encore, aux dires de sa grand-mère, pas avant qu'un bébé soit en route. À l'en croire, son aïeule n'appréciait guère ce qu'elle qualifiait d'« intimité mièvre » et préférait sa propre compagnie à celle de son mari. Cela ne les avait pas empêchés de gouverner le royaume durant cinquante ans, tenant la barre en pleine tourmente parfois. Faute d'avoir des parents à la hauteur, Gianluca avait pris ses grands-parents comme modèles.

Il en était là de ses pensées quand il sentit un regard insistant peser sur lui. Sans se soucier des convenances, la cousine d'Hélène le fixait d'un air rébarbatif. Ignorait-elle les bonnes manières ?

— Votre cousine ne semble guère s'amuser.

Hélène étouffa un petit rire.

— Faith est assez protectrice.

— Vous avez besoin de protection ?

Une impression désagréable s'immisça dans son cerveau. Il n'aurait su la définir, mais il savait qu'elle avait quelque chose à voir avec ce moment où, devant l'autel et des centaines d'invités, il avait soulevé le voile de la mariée et avait pressé sa bouche contre la sienne.

Il avait mis un point d'honneur à ne pas la toucher pendant

la période officielle des fiançailles, même s'il reconnaissait de sa part un certain amalgame entre absence de contact physique et virginité. Pour autant, il avait alors la conviction de protéger la réputation de sa future épouse et il s'était d'autant plus félicité de sa rigueur morale que cette abstinence lui avait vraiment coûté.

Ce baiser scellant leur union lui avait prouvé qu'il avait eu raison de ne pas l'embrasser auparavant, car il avait ouvert les vannes d'un désir dont l'intensité le dépassait au point de l'effrayer. Car pas question qu'il devienne l'esclave de ses pulsions sexuelles, comme l'avaient été ses parents. Cette idée lui était insupportable.

— En réalité, ma cousine entend se marier par... pour des raisons différentes, expliqua Hélène avec une charmante diplomatie. Sa vision de l'union entre un homme et une femme ne correspond pas à la nôtre. Voilà pourquoi elle s'inquiète pour moi.

— L'histoire de l'humanité pullule d'exemples réussis de mariages arrangés, rétorqua-t-il, sans doute un peu trop sèchement. Finalement, à l'échelle du temps, il n'y a pas si longtemps qu'ils suscitent la suspicion, voire le rejet.

— Les couples étaient-ils heureux pour autant ? Bien entendu, je ne parle pas de nous, Votre Majesté..., Gianluca, ajouta vivement la jeune femme lorsqu'il fronça les sourcils. C'est la question légitime que se pose Faith. Selon elle, le risque d'échec est nettement supérieur quand les deux personnes n'ont pas eu l'occasion de mettre à l'épreuve les sentiments qu'elles se portent.

— Ce raisonnement ne tient pas debout. Il suffit de se renseigner un minimum pour savoir qu'au contraire les mariages arrangés ont plus de chances de réussite. Précisément parce qu'ils ne reposent pas sur une relation éphémère de passion romantique. Or, une union royale doit s'inscrire dans la durée pour des motifs qui dépassent la quête futile du bonheur personnel.

Il avait baissé la voix de crainte que quelqu'un ne surprenne leur échange et ne conclue aussitôt à une querelle d'amoureux.

— Je me souviens de ce que vous m'avez dit en Provence. Pas de scandales, pas de séparation. Un même front uni face aux épreuves.

La jeune femme planta le regard dans le sien.

— Je me suis engagée à respecter ce contrat, ajouta-t-elle d'un ton presque solennel.

Gianluca se rappelait parfaitement ce moment. Aussi ne s'expliquait-il pas pourquoi la méfiance à son égard de sa cousine par alliance le mettait si mal à l'aise.

L'orchestre enchaîna une seconde valse, et des couples les rejoignirent sur la piste de danse.

Enfin arriva l'heure où ils purent prendre congé de leurs invités sans crainte de les offenser. Mais, compte tenu du caractère officiel de ce mariage, il n'était pas envisageable de partir en catimini. Chaque étape devait être dûment mise en scène et photographiée afin de donner du grain à moudre à la presse, la télévision et aux autres médias à l'affût des moindres faits et gestes du souverain, tels des parasites. Gianluca estimait qu'un roi ne devait pas être traité comme une célébrité du showbiz mais, après quelques vaines tentatives pour se dérober, il avait compris que le combat était perdu d'avance.

Après la dernière obligation royale, qui consistait à saluer le peuple de Fiammetta depuis le balcon central du palais, ils se retirèrent à l'intérieur, à l'abri des regards.

Pas tout à fait cependant car les plus proches conseillers de la Couronne attendaient Gianluca pour l'informer des événements qui s'étaient produits durant cette longue journée de célébration et requéraient une décision ou un avis de sa part.

Lorsqu'ils parvinrent aux appartements du roi et de la reine, des femmes de chambre firent leur apparition et entraînèrent Hélène vers sa suite afin de la préparer pour la nuit de noces, ainsi que le voulait la coutume.

Gianluca éprouva une envie furieuse de congédier tout ce petit monde pour se retrouver en tête à tête avec sa femme, la porter jusqu'à la chambre nuptiale – à savoir la sienne – et la déshabiller de ses propres mains. Mais, une fois de plus, son attachement aux traditions et son sens des responsabilités le rappelèrent à la raison. Le respect de l'étiquette faisait partie de ses devoirs, et s'y soustraire n'aurait pas été digne de la charge royale qu'il assurait depuis maintenant dix ans.

Il rongea donc son frein, s'efforçant sans y parvenir vraiment de se concentrer sur ce que lui relataient ses conseillers.

Ce fut un réel soulagement quand ils le laissèrent enfin seul dans sa chambre. Il ôta sa veste de smoking, se déchaussa et, pieds nus, en bras de chemise, se servit un whisky. Après tout, il ne s'agissait pas d'une journée comme les autres, et un remontant l'aiderait à patienter.

Tout en le sirotant, il imaginait sans mal ce que vivait Hélène. Il était né dans ce palais, il y avait grandi et avait joué dans toutes les pièces, même celles interdites à un enfant. Aussi savait-il précisément le nombre de portes qui le séparaient de son épouse.

Il devait absolument mettre à profit ce petit moment rien qu'à lui pour s'efforcer de tempérer ses ardeurs. Personne ne se rendrait compte que le souverain capable de conserver son sang-froid même dans les situations les plus conflictuelles ou délicates peinait à contrôler sa libido.

Hélène et lui avaient abordé, à demi-mot, le sujet de leur

nuit de noces. Gianluca avait conscience que, dans le cas de mariages arrangés comme le sien, la sexualité posait parfois problème. Il fallait un certain temps au couple pour apprendre à se connaître, et certaines femmes considéraient l'acte sexuel comme leur devoir conjugal destiné uniquement à procréer et à assurer la descendance.

Il était néanmoins confiant concernant Hélène. Certes, elle était inexpérimentée, mais il avait senti en elle, sous ses airs sages, une réelle sensualité. Il veillerait à ne pas la brusquer et saurait refréner la passion charnelle qu'elle lui inspirait.

Lorsqu'il entendit un coup discret à la porte, puis le battant s'ouvrir, il retint sa respiration et continua de fixer l'obscurité à travers la grande fenêtre. Il perçut un pas léger qui approchait. Immobile, il attendit encore une seconde, tâchant de maîtriser les battements désordonnés de son cœur. Puis il se retourna.

Elle était là, devant lui, souriante, plus resplendissante encore dans sa chemise de nuit que dans sa robe de mariée. Plus désirable aussi.

Hélène. Sa femme. Sa reine.

Il la contempla, ou plutôt il la dévora des yeux. La dentelle laissait deviner la rondeur de ses seins et la courbe de ses hanches. Incapable de résister plus longtemps, il la rejoignit en deux enjambées, la prit dans ses bras et s'empara de ses lèvres.

Enfin, il allait pouvoir goûter à ce corps dont il avait rêvé si souvent au cours des six derniers mois.

3

Rien de ce qu'elle avait vécu jusqu'alors n'aurait pu la préparer à l'émotion qu'elle éprouva en voyant l'expression de Gianluca qui la contemplait. Son cœur marqua un temps d'arrêt, puis se mit à tambouriner dans sa poitrine. Cet homme, qui démontrait un sang-froid en toute circonstance, voire une certaine austérité à l'occasion, et qui semblait ne jamais se laisser déborder par ses sentiments, paraissait beaucoup moins maître de lui.

Hélène frémit. Et puis il l'enlaça et posa ses lèvres sur les siennes tout en la plaquant contre lui. Alors, tout s'embrasa.

Le baiser dans la cathédrale avait fait naître en elle des sensations insoupçonnées, une crispation au creux du ventre et une chaleur dans la partie la plus intime de son anatomie, qui ne l'avait pas quittée durant toute la réception. Les manifestations d'un désir qu'elle comprenait sur le plan théorique, mais qu'elle n'avait encore jamais expérimenté et qui suscitait toutes sortes d'interrogations en elle.

À présent, il n'était plus l'heure de s'interroger, il était l'heure de vivre le plus pleinement possible cette expérience inédite.

À l'Institut, on leur avait expliqué comment gérer la perte de leur hymen, sachant que la virginité était, pour bon nombre des pensionnaires de cet établissement élitiste, une condition essentielle pour contracter un mariage à la hauteur de leurs ambitions. La question de la sexualité était abordée sans fausse pudeur à l'école, comme une matière à part entière du programme éducatif, bien qu'aucune information sur le sujet ne filtre à l'extérieur.

« Même si vous vous sentez bouleversées, vous devez persévérer, leur avait-on conseillé à maintes reprises. Car il vous appartient de trouver votre propre plaisir, mesdemoiselles, et non de subir ce que d'aucuns qualifient de devoir conjugal. La satisfaction des besoins charnels de votre époux passe aussi par là. »

Toutes les camarades de promotion d'Hélène s'étaient dites déterminées à agir dans ce sens. Elles s'étaient informées dans les livres et sur Internet et avaient obtenu la confirmation que le plaisir féminin n'était pas systématiquement garanti et dépendait aussi du savoir-faire du partenaire.

En revanche, Hélène n'aurait jamais imaginé se retrouver dans une situation où cette quête n'aurait pas lieu d'être parce que la volupté la submergerait.

Et celle-ci ne cessait de s'amplifier à mesure que le baiser de Gianluca devenait plus intime, plus fougueux. Elle en avait presque le tournis, et les battements assourdissants de son cœur résonnaient contre ses tympans.

Elle sentit confusément qu'il la soulevait dans ses bras et que, sans cesser de l'embrasser, il la déposait sur son lit. Elle faillit protester quand il s'écarta, mais son gémissement s'étrangla dans sa gorge lorsqu'elle vit le désir presque animal luire dans le regard ténébreux. Elle comprit que cette première fois serait un feu d'artifice. Alors, elle se laissa initier.

Il se plaça entre ses jambes et se pencha au-dessus d'elle. Il commença par enfouir les mains dans ses cheveux, puis il entreprit de l'explorer, comme s'il voulait graver dans sa mémoire les moindres détails de son anatomie. De ses lèvres et de ses doigts, il effleura son visage – ses tempes, ses paupières, son nez, son menton –, avant de descendre le long de son cou et de dessiner le contour de ses seins à travers le mince tissu de sa chemise de nuit.

Lorsqu'elle s'était examinée dans le miroir, vêtue de cette longue robe sage et chaste, elle s'était fait l'effet d'une vierge innocente que l'on mènerait au sacrifice. En revanche, elle avait aimé la caresse de la dentelle et de la soie sur sa peau. À présent, elle connaissait le réel pouvoir des caresses.

Grâce à Gianluca, ce fut une révélation.

Pourtant, il ne cherchait manifestement pas à soulever son vêtement de nuit ni à faufiler sa main dessous. Non, il voulait l'initier lentement à l'exacerbation des sens, sans doute afin de ne pas la brusquer, ni l'effrayer.

Mais Hélène, bien qu'inexpérimentée, n'avait pas peur. Au contraire, elle avait hâte d'en découvrir davantage et, tandis que son époux jouait avec son corps comme s'il s'agissait d'un instrument de musique, elle guettait la moindre de ses réactions : cette onde qui la parcourait et lui donnait envie de geindre, cette sensation de chair de poule sur les épaules et les bras, la chaleur moite qui irradiait plus bas.

Il lui semblait que ces doigts experts traçaient un sillon de feu sur son ventre jusqu'à la frontière de son sexe. Elle réprima un soupir de frustration quand ils contournèrent son mont de Vénus pour s'aventurer le long de ses jambes jusqu'à ses chevilles. Puis ils remontèrent, cette fois sous la chemise de nuit, retroussant la soie sur leur passage.

Frémissante, Hélène était là, offerte au bon vouloir de l'homme qu'elle venait d'épouser, perdue dans les limbes de la volupté. D'instinct, elle se cambra quand la bouche de Gianluca s'attarda entre ses cuisses, pas assez longtemps néanmoins, avant de poursuivre sa lente ascension jusqu'à ses lèvres.

À présent, elle était presque nue.

Avec des gestes d'une grande douceur, il acheva de la déshabiller. Les yeux mi-clos, elle s'abandonna sans honte, ni fausse pudeur. Elle avait confiance en lui et ne redoutait pas ce que beaucoup de ses camarades de l'Institut considéraient comme une épreuve, un rite de passage pour devenir femme à part entière.

C'est à peine si elle se rendit compte qu'il s'écartait. Un instant plus tard, ses mains étaient de nouveau sur son corps. Gianluca s'était complètement dévêtu, et elle avait hâte de sentir sa peau contre la sienne.

Alors, elle prit l'initiative. Elle se redressa et le caressa à son tour, timidement au départ, puis avec plus d'assurance, comme si ce n'était pas la première fois. Rien ne lui semblait interdit, et elle voulait elle aussi donner du plaisir.

Il avait la musculature d'un athlète, avec des abdominaux parfaitement sculptés. Une légère toison brune couvrait son torse. Plus bas, son pénis puissant et dur était dressé. C'était le premier sexe masculin qu'Hélène voyait, et elle n'aurait pas pensé que cela puisse être aussi... volumineux. Elle le trouva terriblement excitant et enroula les doigts autour. Il était chaud. Elle eut une envie irrépressible d'y poser les lèvres mais, comme elle s'apprêtait à le faire, Gianluca lui saisit les poignets et la plaqua de nouveau sur le matelas. Il s'étendit à côté d'elle.

Il ne parlait pas. Simplement, il la regardait. Il ne la quitta pas des yeux quand il introduisit ses doigts en elle. Elle sentit quelque chose se déchirer, mais très vite la douleur s'estompa pour faire place au plaisir. Instinctivement, Hélène s'ouvrit, se cambrant et écartant les jambes en une invite silencieuse.

Alors Gianluca la pénétra plus profondément et effectua un mouvement de va-et-vient avec une lenteur délibérée. Une onde de chaleur se répandit dans tout son corps tandis qu'une crispation lui vrillait le ventre. Puis Hélène crut défaillir de plaisir, et la jouissance lui arracha un cri.

Lorsqu'elle reprit ses esprits, Gianluca s'était placé au-dessus d'elle, entre ses cuisses, et la dévisageait avec une intensité presque insoutenable. Son membre se pressait contre son pubis.

Pourrait-elle l'accueillir en elle ?

— Ne t'inquiète pas, *mia regina*, murmura Gianluca, aie confiance en moi.

Elle avait beau se dire que, depuis la nuit des temps, des hommes et des femmes procréaient ainsi, elle ne pouvait s'empêcher de ressentir une sourde angoisse.

Quand il s'immisça en elle, elle s'efforça de se détendre. Elle n'éprouva tout d'abord qu'une sorte de brûlure douloureuse puis, à mesure que Gianluca s'aventurait au plus profond de la vallée humide de sa féminité, cette brûlure se mua en une sensation nouvelle beaucoup plus agréable. Hélène aimait l'avoir en elle. Elle avait l'impression qu'ils se complétaient à la perfection, comme si leurs deux corps étaient faits l'un pour l'autre.

Il se mit à aller et venir entre ses reins. D'instinct, elle épousa le mouvement. Le rythme s'accéléra, et le plaisir s'amplifia jusqu'à ce qu'elle ne puisse plus retenir ses gémissements. Et puis ce fut l'apothéose. Elle eut l'impression que son corps explosait en mille morceaux. Elle perçut la plainte rauque de Gianluca qui la rejoignait au sommet de l'extase et elle se laissa emporter par le tourbillon de la jouissance.

Combien de temps s'était-il écoulé avant qu'elle reprenne pied dans la réalité ? Hélène l'ignorait. Cette expérience l'avait emmenée loin, très loin parmi les étoiles, dans une autre galaxie qu'elle n'avait encore jamais explorée. Elle était lovée contre le corps chaud et rassurant de l'homme qu'elle avait épousé quelques heures auparavant. Un homme qu'elle connaissait à peine, mais qui l'avait initiée à la volupté et avec lequel elle avait partagé un moment d'une intimité inouïe.

Aucune lampe n'était allumée. Seules les flammes dans la cheminée éclairaient faiblement la grande chambre, projetant des ombres dansantes sur leur peau.

Dans le silence et la pénombre, Hélène songeait, émerveillée, à ce qu'elle venait de vivre. Elle n'avait pas eu besoin de se forcer pour accéder à l'orgasme, ni de jouer la comédie. Tout s'était passé avec un naturel qui la dépassait, et elle n'en concevait aucune honte. Elle s'était offerte sans retenue à Gianluca, qui avait fait d'elle sa femme au sens primitif du terme. Elle avait même participé de son mieux, malgré son inexpérience. Jusqu'à cette nuit, elle n'imaginait pas posséder une libido aussi développée et se réjouissait à la pensée que ces ébats seraient suivis de nombreux autres lui permettant de découvrir une facette plus personnelle, plus authentique de son royal mari, de communier avec lui.

Elle se redressa sur un coude et le contempla. Il était étendu sur le dos, immobile, un bras replié lui masquant les yeux. On aurait cru une sculpture de Michel-Ange tant son corps était magnifiquement proportionné. Elle se pencha au-dessus de lui, et ses cheveux lui caressèrent le torse. Elle le vit frémir et interpréta ce signe comme un encouragement. Un gémissement étouffé le lui confirma.

Elle ignora délibérément sa bouche pour presser les lèvres à la base du cou de Gianluca dont le pouls s'accéléra. Puis elle poursuivit son exploration. L'épaule, l'aisselle dont elle huma avec délice le parfum masculin, avant de terminer par l'intérieur du biceps, là où la peau est particulièrement sensible et réactive.

Le désir la rendant audacieuse, elle eut alors l'idée d'effleurer de la langue les mamelons de Gianluca qui gémit de nouveau. Elle ressentit une fierté absurde en songeant qu'elle avait le pouvoir de le faire vibrer. Jusqu'alors l'érotisme se résumait pour elle à quelques scènes mal décrites qu'elle avait pu lire en cachette dans les romans interdits. Jamais encore, elle ne l'avait expérimenté, et elle découvrait avec un étonnement mêlé de ravissement que la réalité dépassait de loin la fiction.

Obéissant à son instinct, elle s'enhardit à descendre plus bas encore sur son abdomen jusqu'à ce membre viril qui, stimulé par ses caresses, se dressait de nouveau fièrement. Elle approcha les lèvres de l'extrémité à la chair tendre qu'elle titilla de la langue.

Gianluca émit une longue plainte gutturale. Quand il lui emprisonna la tête entre ses paumes, elle craignit d'être allée trop loin.

L'aurait-elle choqué ? Voulait-il qu'elle arrête ?

Non, car il ne la repoussa pas. Au contraire, il la retint, et elle le prit dans sa bouche. Elle craignait d'être maladroite, faute d'expérience, mais il la guida, dictant le rythme de la fellation. Sa respiration devint de plus en plus saccadée.

Hélène ne s'était jamais sentie aussi vivante, aussi sensuelle. Aux halètements de Gianluca, elle devinait que son orgasme serait intense et que la délivrance était proche. Quand il jouit dans sa bouche, elle n'éprouva ni honte ni dégoût, juste une crispation désormais familière au creux du ventre. Rien dans son éducation ne l'avait préparée à vivre cela. Elle avait l'impression d'avoir bravé un interdit mais d'être comme libérée d'un poids. Aucune culpabilité ne venait entacher son plaisir. Par cette initiative, la jeune fille docile avait franchi une étape décisive, s'affirmant enfin en tant que femme bien dans sa peau et bien dans son corps.

Elle s'était affranchie grâce à Gianluca, qui l'avait initiée au plaisir charnel sans la brusquer. Une révélation extraordinaire. Elle se réjouissait à l'idée qu'il lui restait certainement encore beaucoup à apprendre.

Interrompant le cours de ses pensées, Gianluca roula sur le côté et se leva. Sans dire un mot, il fit le tour du lit, puis se pencha pour la soulever dans ses bras.

Hélène ignorait ce qu'il avait en tête, mais elle était prête à aller n'importe où avec lui. Il avait gagné sa confiance. Elle nicha le visage au creux de son cou.

En fait, il l'emmena dans la salle de bains. Tandis qu'il réglait l'eau à la bonne température dans l'immense douche à l'italienne équipée d'un banc encastré dans le mur, elle sourit en songeant qu'ils donnaient déjà l'image d'un couple complice bien qu'ils ne se connaissent finalement que très peu. Un couple royal, certes, mais qui se comportait comme n'importe quels mari et femme amoureux.

Elle ne protesta pas lorsqu'il l'entraîna avec lui sous la douche et l'assit sur le banc. À l'aide d'un savon parfumé, il entreprit alors de la laver sans omettre la moindre partie de son anatomie. Ses mains étaient expertes, ses gestes précis, et la toilette se transforma vite en un jeu d'une folle sensualité. L'eau tombait en pluie sur sa peau, chassant la mousse et exacerbant ses sensations.

S'abandonnant à la magie de l'instant, Hélène ferma les yeux. Quand elle les rouvrit, Gianluca était agenouillé devant elle. Il glissa les paumes sous ses fesses pour les surélever avant d'enfouir le visage entre ses jambes. Elle frémit et écarta les cuisses. Ouverte, elle s'offrit aux caresses de sa langue qui tortura son petit bouton de chair tendre jusqu'à ce que, vaincue, elle explose de plaisir.

Une deuxième vague l'emporta presque aussitôt quand Gianluca s'introduisit en elle, puis une troisième lorsqu'il jouit en elle en murmurant son nom d'une voix rauque.

Elle était tellement lasse que la suite se déroula comme dans un rêve. Elle eut vaguement conscience qu'il l'enveloppait dans un drap de bain pour la sécher, puis la portait dans le lit où il vint la rejoindre sous la couette. Une fois lovée dans ses bras, rassurée par sa présence, elle sombra dans un sommeil réparateur.

Quand elle émergea, la lumière du jour filtrait à travers les rideaux entrouverts, et elle était seule dans le lit immense. Elle s'étira langoureusement, étonnée de se découvrir quelques courbatures, comme au lendemain d'une séance de fitness. Cette comparaison la fit sourire.

Hélène se redressa, s'adossa contre les oreillers et s'accorda quelques minutes pour inspecter du regard la chambre dont la décoration indiquait clairement son caractère royal. Avec ses tableaux, ses sculptures, ses tapis anciens et ses meubles, qui devaient appartenir à la dynastie des San Felice depuis des dizaines de générations, on se serait presque cru dans un musée. La seule concession au modernisme était le matelas extrêmement épais dont Hélène avait eu l'occasion de tester le confort. Pourtant, cette pièce était chaleureuse, sans luxe ostentatoire, et les coloris mettaient en valeur l'élégance discrète du domaine réservé du souverain auquel peu avaient accès.

Ce n'est qu'en ressortant de la salle de bains qu'elle se rendit compte que les rideaux masquaient non pas des fenêtres, mais des portes-fenêtres donnant sur un grand balcon.

Elle distingua alors une silhouette statique bravant le froid hivernal de janvier.

Gianluca.

Il ne l'avait donc pas abandonnée pour rejoindre son bureau et travailler. Le cœur d'Hélène se gonfla de ce qui ressemblait fort à de l'allégresse.

Elle enfila sa chemise de nuit qui gisait en tas sur le plancher, s'emmitoufla dans un grand plaid en mohair qu'elle trouva sur le sofa et s'aventura sur le balcon. L'air glacial lui coupa le souffle.

Son mari semblait figé. Manifestement insensible à la température, il contemplait la vallée longue et étroite qui s'étendait devant lui et constituait le cœur et l'âme de son royaume. Il lui tournait le dos, mais quelque chose dans son immobilité déclencha un signal d'alarme dans son cerveau.

C'est alors qu'il se retourna, et l'expression de son regard acheva de lui glacer le sang.

— Je pensais que les règles étaient claires dès le début, Hélène, déclara-t-il d'une voix cinglante. La virginité était une condition sine qua non.

4

Auréolée par la lumière du matin, Hélène lui paraissait encore plus ravissante, avec son regard brillant et ses joues rosies par l'air de la montagne. Elle portait pour tout vêtement une chemise de nuit froissée et un plaid, mais elle avait l'allure d'une reine.

Elle était belle à couper le souffle, elle était la souveraine de son royaume… et elle était une menteuse.

Comment avait-il pu manquer les signaux d'alarme ? Cette façon ingénue dont ses lèvres si sensuelles s'entrouvraient pour marquer sa surprise, comme la reine Elettra lorsqu'elle jouait la comédie de la candeur, la manière dont elle écarquillait les yeux comme si elle était sous le choc.

Comment avait-il pu épouser une copie conforme de sa mère alors qu'il avait mis un soin particulier à ce que pareille catastrophe ne lui arrive jamais ?

Hélène ferma la bouche, puis la rouvrit.

— De quoi parles-tu ? lâcha-t-elle avec difficulté.

— C'est tout ce que tu trouves à répondre pour ta défense ? Je t'aurais cru plus imaginative.

Il s'était réveillé ce matin dans un état proche de la panique. Il s'était redressé, comme mû par un ressort, dans ce lit encore chaud de leurs ébats, et il avait regardé la superbe créature qui dormait paisiblement à ses côtés, l'image même de l'innocence.

Cependant, la nuit qu'ils venaient de passer ensemble suggérait le contraire. Avait-il rêvé leurs prouesses sexuelles ? Non. D'ailleurs, le simple fait de deviner les courbes féminines de ce corps nu à peine dissimulé par le plaid suffisait à raviver ses ardeurs. Ce qui ne lui ressemblait pas. En amour comme en toute chose, Gianluca avait toujours conservé une certaine mesure dictée par la prudence. L'implication émotionnelle et, a fortiori sentimentale, très peu pour lui. Il ne connaissait que trop bien les drames que cela engendrait.

Des scènes auxquelles il avait assisté depuis sa plus tendre enfance lui étaient revenues en mémoire. Sa mère dans son rôle favori, sanglotant à fendre l'âme tout en jetant des objets par terre, tandis que son père laissait éclater sa colère contre elle, à sa manière humiliante, voire carrément insultante.

Gianluca n'avait alors qu'une envie : disparaître sous terre.

Aussi s'était-il juré que ses émotions ne prendraient jamais le pas sur sa raison. Jamais !

— Rends-toi un grand service, lui avait dit son père à l'issue d'une de ses innombrables disputes conjugales, choisis-toi une reine qui ne se contente pas d'aspirer au trône, mais qui sait porter la couronne.

Il y a peu de temps encore, Gianluca pensait avoir suivi ce conseil. Il ne s'était pas précipité, il avait pris de nombreux renseignements, et pourtant il avait commis la même erreur que son père.

Il était convaincu qu'aucune jeune fille inexpérimentée n'aurait participé aussi activement lors de ses premiers ébats sexuels. Hélène ne s'était pas contentée de réagir, elle avait parfois pris des initiatives.

En s'éveillant ce matin, il avait ressenti un profond malaise qui s'était vite transformé en une rage sourde. Pas cette colère mêlée de désespoir qu'il avait si souvent éprouvée à l'encontre de ses parents, mais plutôt la fureur d'un animal blessé. Il avait analysé ce sentiment et avait fini par en comprendre la cause : il s'estimait trahi.

Alors, il s'était levé en veillant à ne pas réveiller Hélène, incapable de rester plus longtemps étendu à côté de ce corps chaud qu'il avait étreint avec passion et qui lui avait fait perdre tout bon sens. Tandis que l'aube chassait la nuit, il avait réfléchi à une solution. Hélas, il avait eu beau tourner et retourner le problème dans tous les sens, il avait dû se rendre à l'évidence : il s'était laissé piéger. Il avait épousé Hélène devant Dieu et son peuple. Impossible désormais de faire machine arrière.

Elle l'avait corrompu en le rendant complice, malgré lui, d'un acte que la coutume du royaume réprouvait. Lui, Gianluca San Felice, qui plaçait la droiture et l'honnêteté morale plus haut que tout ; lui, qui abhorrait l'exemple donné par ses parents.

De là à penser qu'elle avait minutieusement planifié son opération de séduction, il n'y avait qu'un pas... qu'il avait allègrement franchi. Il avait alors convoqué son plus proche conseiller dans le bureau attenant à sa chambre et lui avait ordonné d'effectuer en toute discrétion des recherches supplémentaires.

— Entendu, Votre Majesté, lui avait répondu son homme de confiance sans parvenir à cacher sa perplexité. Cependant, notre enquête initiale était déjà très approfondie.

— Pas assez, manifestement. Je compte sur vous pour explorer de nouvelles pistes, avait-il rétorqué sur un ton qui n'admettait pas de réplique.

Puis, refusant de se laisser submerger, ce qui ne lui était encore jamais arrivé, il s'était rendu à sa salle de sport pour tenter d'évacuer le trop-plein d'émotions.

En vain.

— Rentre, ordonna-t-il durement à Hélène, qui le fixait, pétrifiée. À moins que l'hypothermie fasse aussi partie de ton plan pour m'amadouer et m'obliger à oublier ton mensonge éhonté.

— Tu me traites de menteuse ?

Elle semblait sidérée. S'il n'avait pas su, il aurait cru à sa sincérité.

Cette femme avait réussi à le manipuler, lui qui se targuait de conserver son sang-froid en toute circonstance et de distinguer le vrai du faux, même dans les arcanes politiques du royaume.

Et c'était précisément dans ce but qu'il était sorti sur le balcon, comptant sur l'air froid de la montagne pour lui éclaircir les idées. Après mûre réflexion, il avait conclu qu'il avait trop baissé sa garde. Il lui avait montré quel effet elle produisait sur lui, et elle en avait profité. Même maintenant, il n'en revenait pas que sa réaction paraisse aussi crédible.

Hélène obtempéra et battit en retraite dans la chambre. Elle grelottait et, l'espace d'un instant, il eut envie de la prendre dans ses bras pour la réchauffer. Par chance, il se ressaisit avant de céder à sa pulsion. Elle s'approcha de la cheminée où des braises rougeoyaient encore.

— Je ne comprends pas de quoi tu parles.

Elle lui faisait face comme si elle redoutait de lui tourner le dos et s'adressait à lui sur le ton apaisant qu'on emploie pour calmer un fauve, ce qui acheva de l'exaspérer. S'imaginait-elle capable de le dompter ? Pourtant, il n'explosa pas de colère comme avait coutume de le faire son père. Jamais il ne s'abaisserait à cela.

Il croisa les bras et la toisa de toute sa hauteur.

— Il s'agit d'une tradition ancestrale qui a force de loi. Les étrangers la jugent peut-être archaïque, mais elle a contribué à maintenir la paix dans ce royaume quand le reste de l'Europe se déchirait. Et ce durant des siècles et des siècles. Les souverains de Fiammetta ont compris qu'épouser une femme vierge permettait d'éviter toutes sortes de problèmes de légitimité liés à la paternité, lesquels sont à l'origine de nombreuses guerres et rébellions.

— En effet.

Elle ne semblait pas offensée par ses propos, comme s'ils ne la concernaient pas directement. Son regard ne trahissait aucune culpabilité. Elle avait simplement l'air déconcertée.

Elle devait être une adversaire redoutable au poker, car elle maîtrisait à merveille l'art du bluff. Il ne se risquerait pas à jouer contre elle.

— Il se trouve que les lois de Fiammetta me sont relativement familières, ajouta-t-elle d'une voix égale. Comme tu le sais, le responsable du protocole du palais a veillé à m'initier aux subtilités de l'étiquette et aux us et coutumes du royaume dès que tu m'as demandée en mariage.

— Tu n'ignores donc pas que la virginité de la future reine de Fiammetta est d'une importance fondamentale. Or, à cause de ton mensonge, j'ai à mon insu enfreint cette loi séculaire. Tu te fiches peut-être de savoir ce qui est bien ou mal, Hélène, mais ce n'est pas mon cas. Je ne peux pas, d'un côté, légiférer et, de l'autre, transgresser les lois.

Elle réajusta le plaid autour de ses épaules. Ainsi, elle paraissait presque vulnérable, et tellement sexy avec ses cheveux en désordre, un désordre auquel il avait largement contribué. Il sentit son membre durcir et se détesta pour sa faiblesse. Comment pouvait-il encore la désirer autant alors qu'elle l'avait trompé sur un point aussi essentiel, mettant en cause sa probité ?

C'était comme si cette nuit n'avait fait qu'aiguiser son appétit. Il en voulait plus, il brûlait de la dévorer encore et encore jusqu'à ce qu'elle demande grâce.

Comment un homme aussi civilisé que lui pouvait-il nourrir des pensées aussi lubriques ? Il avait pourtant vu son père perdre cette bataille et en avait lui-même été une victime collatérale.

Il se remémora la façon dont, très jeune, il avait appris à se rendre invisible, à se fondre dans le décor pour éviter de s'attirer les foudres de ses parents tandis que la bataille entre eux faisait rage.

Malheureusement, il n'avait pas toujours réussi...

— Je ne suis pas sûre de te suivre, déclara Hélène.

L'hésitation qu'il perçut dans son ton lui procura une satisfaction malsaine.

— Es-tu en train d'insinuer que... que je n'étais plus vierge *avant* notre nuit de noces ?

Le rire amer, à la limite de la cruauté, qui lui échappa alors l'horrifia. Ce rire, il le reconnaissait, c'était celui de son père, et il l'avait entendu des centaines de fois durant son enfance et son adolescence.

Était-ce ainsi que les hostilités se déclenchaient ? Dans son souvenir, cela s'apparentait à une déclaration de guerre. Alors à quoi bon enfoncer le clou ? Et pourtant, il ne pouvait s'en empêcher.

— Voudrais-tu me faire croire le contraire ? Après une telle performance ? S'il te plaît, épargne-moi cette comédie, Hélène. Tu ne me convaincras pas, c'est trop tard maintenant.

— *Performance* ? Tu penses vraiment que...

Elle s'interrompit et prit une profonde inspiration avant de poursuivre :

— ... qu'il s'agissait d'une « performance » ?

Il la vit vaciller légèrement et fut tenté de se précipiter pour la retenir. Il se rappela néanmoins qu'elle était nue sous sa chemise de nuit et s'abstint. Pas question qu'il la prenne dans ses bras.

— Gianluca. Je ne comprends rien à ta réaction.

À présent, elle chuchotait.

Il s'approcha et enfouit les mains dans ses poches, craignant de ne pas résister à la tentation de la toucher.

— Ton comportement t'a trahie.

Elle fronça les sourcils et sembla avoir quelques difficultés à déglutir.

— Mon comportement ? Quel comportement ?

Elle avait la voix tremblante et réagissait comme si c'était elle la victime et non lui, comme s'il la traitait avec cruauté.

Il ne se laisserait pas attendrir pour autant.

— Je découvrirai la vérité. Je dois en avoir le cœur net. Je ferai enquêter sur ta vie amoureuse jusqu'à ce que je sache qui a été ton amant.

— Mon amant ?

Sans doute essayait-elle à gagner du temps en répétant systématiquement ce qu'il lui disait. Réaction étonnante compte tenu de la gravité de la situation, elle parut sur le point de sourire, mais n'en fit rien. Elle le dévisagea alors avec une intensité douloureuse comme si elle cherchait à lire en lui.

— De quoi parles-tu ? Tout le monde sait à quoi ressemble la routine à l'Institut. Il n'y a pas de place pour une vie amoureuse et encore moins une vie sexuelle.

Elle paraissait réellement bouleversée. Gianluca sentit le doute s'insinuer en lui, mais il le refoula. La jeune femme était une excellente comédienne. Elle l'avait déjà dupé une fois, bafouant son honneur par la même occasion et faisant de lui son complice, pas deux !

— Peut-être ignores-tu comment cela se passe à l'Institut, ajouta-t-elle devant son mutisme. À supposer que j'aie eu envie de prendre un amant, je n'en aurais pas trouvé un seul. Il y a des gardes, certes, mais ils ne sont pas autorisés à pénétrer à l'intérieur de l'enceinte où vivent les pensionnaires. Et si l'un d'entre eux s'était avisé d'enfreindre la règle il se serait fait prendre aussitôt, car nous étions surveillées jour et nuit. Ton royaume n'est pas le seul pays sur terre obsédé par des stupidités telles que la virginité.

— Parce que, pour toi, c'est stupide ?

Gianluca venait de voir ses soupçons confirmés.

— Dans ce cas, je comprends mieux que tu m'aies trompé sans le moindre scrupule. Ce faisant, c'est la nation tout entière que tu as flouée. Mais tu t'en fiches pas mal, parce que tu juges cette tradition ancestrale ridicule et arriérée.

Elle poussa un soupir, non d'exaspération mais de lassitude, et ferma les yeux un court instant. Quand elle les rouvrit, il distingua une lueur de détermination dans ce beau regard qui l'avait ensorcelé.

— Je n'ai absolument rien à me reprocher, déclara-t-elle distinctement. J'ai ma conscience pour moi. Je n'ai trompé personne : ni toi ni le peuple de Fiammetta.

Malgré la fermeté de son ton, elle chancela, et il se précipita pour la retenir par les épaules. Il la sentit frémir sous ses mains et songea à la douceur de sa peau.

— Qu'est-ce... qu'est-ce qui te donne à penser que je t'ai menti ? balbutia-t-elle, visiblement aussi déstabilisée que lui par leur proximité.

Gianluca ne pouvait se résoudre à rompre le contact. Pour la première fois de sa vie, sa libido muselait sa raison, et cela le rendait furieux contre lui-même.

Contrairement à ses parents, qui n'étaient pas à la hauteur

de leur rang, il avait prouvé à maintes reprises sa droiture et sa force de caractère. Il avait restauré la confiance du peuple de Fiammetta dans la probité de son souverain.

Or voilà que cette jeune femme sapait sa volonté, comme si elle lui avait jeté un sort. Par sa faute, il n'était plus aussi sûr de savoir qui il était vraiment, et il s'en fallait de peu qu'il ne remette en question les valeurs fondamentales qui avaient toujours guidé ses décisions et ses actes.

La chair était faible, il ne le niait pas, et il n'avait rien d'un saint, mais jusqu'à présent il s'estimait au-dessus de la mêlée dans ce domaine.

Son cerveau lui enjoignait de mettre de la distance entre elle et lui. Cependant, il n'en fit rien. Au contraire, il lui caressa la joue du bout des doigts, sans parvenir à détacher le regard de la bouche pulpeuse qui lui avait donné tant de plaisir. Plus il se sentait faiblir, plus il éprouvait le besoin de la blesser.

— Tes initiatives. La nuit dernière a démontré de façon éclatante que tu n'étais pas la jeune fille inexpérimentée que tu étais censée être. Tu as dû fréquenter un certain nombre de lits avant le mien. De toute évidence, tu n'en étais pas à ton galop d'essai.

Alors, il n'eut plus à se torturer l'esprit pour se forcer à s'écarter, car Hélène, piquée au vif, recula de plusieurs pas.

— Je te demande pardon ? Un galop d'essai ? Primo, je ne suis pas une pouliche ! Secundo, insulter une femme en la traitant de dévergondée n'est pas digne d'un homme qui se targue d'avoir une certaine éducation, et encore moins d'un roi. Mon seul tort est d'avoir voulu découvrir la sensualité avec toi… parce que j'avais confiance en toi. Si mon enthousiasme t'a choqué, j'en suis désolée. Rassure-toi, cela ne risque pas de se reproduire.

En réalité, cela ne le rassurait pas du tout, et l'idée qu'elle le rejette lui fut soudain insupportable. Il avait l'impression de ne plus rien comprendre, d'être dépassé par les événements, de ne plus savoir comment il devait réagir. Obéissant à un instinct qui semblait avoir annihilé son contrôle émotionnel, il franchit la distance qui les séparait et emprisonna son visage entre ses mains.

— Ton enthousiasme était excessif, Hélène.

— Ou peut-être Votre Majesté n'avait-elle pas encore rencontré une femme spontanée et naturelle. Quel genre d'homme es-tu, Gianluca ?

— Puisque tu insistes, je vais te le dire. Un mari dupé dès sa nuit de noces. Un homme naïf qui croyait avoir épousé une jeune fille vierge. C'est de notoriété publique, la rupture de l'hymen provoque des saignements. Or, tu n'en as eu aucun. J'ai pu le constater quand nous nous sommes douchés ensemble. Comment expliques-tu cela ?

Il vit le regard brun s'assombrir, et les paillettes d'or qui l'illuminaient d'ordinaire disparurent.

— Je te présente mes plus plates excuses. Je n'avais pas compris que nous étions censés suspendre au balcon les draps maculés de sang du lit nuptial pour prouver à tous que leur nouvelle reine était bien pucelle. Une tradition barbare, en vérité, créée par les hommes pour flatter leur ego. Si tu t'étais davantage renseigné, tu saurais que cette membrane ne saigne pas systématiquement et que la pratique intensive de l'équitation, ce qui a été mon cas, peut la déchirer accidentellement. Je n'ai guère d'expérience en matière de sexualité, que tu le croies ou non. En revanche, je me suis informée sur le plan médical. Je ne m'attendais pas à devoir me justifier sur ce point, mais il semble que ma première journée de femme mariée me réserve bien des surprises, et non des plus agréables.

Essoufflée par sa longue tirade, elle s'interrompit. Son indignation paraissait tellement sincère que Gianluca faillit y croire. Cependant, il avait déjà assisté à des scènes de ce genre. Il avait même vu sa mère pleurer devant lui. Une sacrée comédienne qui aurait mérité l'oscar de la meilleure actrice ! Et Hélène semblait elle aussi plutôt douée.

Il laissa retomber ses bras et recula.

— Une vierge ne se comporte pas comme tu l'as fait.

Il avait conscience de dépasser les bornes et n'était pas fier de lui, mais il ne pouvait s'empêcher de la provoquer, pour la blesser autant qu'elle-même l'avait blessé. C'était plus fort que lui.

À en juger par l'expression de vulnérabilité de la jeune femme, il avait atteint son objectif. Pour autant, elle ne tarda pas à se ressaisir, redressa la tête et le toisa. Malgré lui, il admira son cran.

— Tu en sais long sur les vierges, manifestement. En revanche, il est assez clair que, toi, tu ne l'étais pas.

— Ce n'est pas comparable.

— Pour quelle raison ? Parce que tu es un homme et moi, une femme ? De toute façon, cette discussion est stérile. Je crains que tu doives me croire sur parole, car je ne vois pas comment te prouver ma bonne foi.

La moutarde lui monta au nez. Il n'appréciait pas qu'elle lui tienne tête, et sa familiarité prouvait qu'elle n'avait pas compris une chose essentielle : il n'avait plus aucune confiance en elle. Il attendait au minimum qu'elle s'adresse à lui avec le respect dû à son rang.

— Je suis le souverain de Fiammetta et je n'ai pas à recevoir d'ordre de quiconque. Encore moins d'une épouse non fiable et dissimulatrice, qui n'a pas respecté sa part du contrat. J'ignore encore comment tu as réussi à te faire passer pour une jeune fille modèle, néanmoins je finirai par le savoir. Non seulement je découvrirai l'identité de tes amants, mais aussi l'objectif poursuivi. Objectif que tu n'as aucune chance d'atteindre, je te le garantis.

Il surprit un éclair de colère dans ses yeux.

— Il ne t'est pas venu à l'esprit que je l'avais peut-être déjà atteint ? lança-t-elle sur le ton du défi, ce dont – cela non plus – il ne l'aurait pas cru capable. Que mon but, c'était de devenir ta femme, ta reine, tout simplement ?

Pris au dépourvu, il poussa un grognement indistinct, faute de parvenir à formuler une phrase cohérente. À l'intérieur de lui, c'était le chaos, et les sentiments les plus contraires se télescopaient. Il était tout à la fois furieux et malheureux. Il en voulait terriblement à Hélène, ne supportait pas qu'elle se rebiffe et, en même temps, il admirait son courage, son sens de sa repartie. Il était résolu à mettre de la distance entre elle et lui tout en ayant une envie irrépressible de la serrer dans ses bras et de lui faire l'amour comme un fou. Toutes ces contradictions le mettaient au supplice, lui qui avait à cœur en toute circonstance de garder son sang-froid et les idées claires.

Devant son mutisme, Hélène ne capitula pas. Au contraire, elle s'approcha dangereusement de lui tout en resserrant le plaid autour de ses épaules. Ainsi, elle avait des allures de reine outragée.

— Que vas-tu faire, Gianluca ? Divorcer ? Demander à l'Église d'annuler notre mariage ? Impossible puisqu'il a été consommé. Et qu'adviendrait-il si je portais déjà ton enfant ? Te sens-tu prêt à être le premier père célibataire ou divorcé à occuper le trône de Fiammetta ? Tes ancêtres ne risqueraient-ils pas de se retourner dans leur tombe ?

Piqué au vif, Gianluca contre-attaqua.

— Ne me tente pas.

— Dans ce cas, pourquoi tergiverser ? Annonce dès aujourd'hui à tes bons et loyaux sujets que le couple royal a effectué son devoir conjugal à maintes reprises durant la nuit de noces et que la jeune mariée, ayant hélas montré trop « d'enthousiasme » pour être honnête, tu juges bon de la répudier. Si tu préfères, je peux m'en charger.

Il ne sut expliquer ce qui se produisit ensuite – peut-être voulait-il la réduire au silence parce que chacune de ses paroles lui faisait l'effet d'un coup de couteau –, mais une minute plus tard il avait emprisonné dans ses bras son corps si désirable qui tremblait d'indignation.

Contre toute attente, elle ne tenta pas de se dérober. Au contraire, elle planta le regard dans le sien… un regard assassin.

Aussi fut-il complètement déstabilisé lorsque, se hissant sur la pointe des pieds, elle plaqua ses lèvres sur les siennes.

Et, comme si c'était la dernière fois, ils firent l'amour avec l'énergie du désespoir, à même le sol.

Et ce fut de nouveau un feu d'artifice…

5

Au début, Hélène s'imagina que la situation allait s'améliorer. Ils en discuteraient, mettraient les choses à plat. Il devrait déballer ce qu'il avait réellement sur le cœur et qui l'avait poussé à se montrer aussi dur et insultant. L'échange promettait d'être pénible, mais il était indispensable.

Par chance, elle avait l'optimisme chevillé au corps. N'avait-elle pas été abreuvée de contes de fées durant son enfance et une partie de son adolescence ?

Alors qu'ils étaient étendus côte à côte sur le sol, s'efforçant de reprendre leur souffle, au milieu de leurs vêtements jetés pêle-mêle, elle observait le plafond orné de moulures aux formes gracieuses tout en réfléchissant.

Il lui fallait trouver une entrée en matière mais, autant elle était devenue une experte pour aborder certains sujets délicats avec son père, autant elle se sentait démunie face à Gianluca.

Il fit un mouvement, et elle profita de l'occasion pour se lancer. Inutile de se torturer l'esprit pour trouver une bonne introduction ; en l'occurrence, il n'y en avait pas.

— Es-tu prêt pour...

Elle s'interrompit un instant quand le regard ténébreux se fixa sur elle.

— ... une discussion ?

— Sur quoi ? s'enquit-il, bien que la question soit clairement superflue. Que pourrait-on dire d'autre sur cette parodie de mariage ?

Sur ces mots, il se leva, se rhabilla à la hâte et quitta la chambre sans même se retourner.

Hélène se retrouva seule, nue, vulnérable, désemparée, avec l'impression désagréable que le contrôle de sa vie commençait à lui échapper. Certes, depuis le décès de sa mère, elle avait dû s'incliner devant l'autorité paternelle, mais elle avait toujours su où elle voulait aller et réussi à « aménager » les décisions prises la concernant. Aujourd'hui, elle avait affaire à plus forte partie et sentait confusément qu'elle devrait naviguer à vue. D'autant que Gianluca avait sur elle un effet… dévastateur.

Elle ne s'attendait pas à éprouver autant de plaisir alors qu'un conflit de taille les opposait. Cela dit, elle ne s'attendait pas non plus à être qualifiée de traîtresse ayant enfreint une loi coutumière de Fiammetta simplement parce qu'elle avait apprécié sa nuit de noces.

— L'Institut aurait dû mieux nous préparer aux rapports conjugaux conflictuels.

Elle avait prononcé ces mots à voix haute pour vérifier qu'elle pouvait encore parler malgré sa gorge qui se serrait douloureusement.

Elle se releva péniblement et, avec des gestes d'une lenteur prudente, elle s'enveloppa dans le plaid. Elle sentait un poids terrible peser sur ses épaules. Elle se remémora alors ce que lui recommandait sa mère lorsqu'elle était découragée.

« Il faut faire un pas après l'autre, mon chou. Un tout petit pas, puis un deuxième, et te voilà de nouveau en mouvement. »

Ce conseil lui paraissait particulièrement précieux dans sa situation. Si elle ne l'appliquait pas, elle risquait de partir à la dérive et n'avait aucune idée de ce qu'il adviendrait d'elle.

Car elle avait échafaudé de nombreuses hypothèses sur son avenir, mais elle n'avait pas anticipé celle-ci.

Elle n'avait pas envisagé que Gianluca l'attire à ce point, ni qu'elle s'engagerait dans cette union avec autant d'enthousiasme. En s'éveillant ce matin, elle avait cru vivre un conte de fées, comme ceux que lui racontait sa mère. Elle s'était imaginé que cette dernière veillait sur elle, telle une bonne fée, et lui avait offert un prince charmant pour qu'elle trouve le bonheur.

Mais le rêve n'avait pas tardé à voler en éclats, et il était désormais temps de grandir, d'affronter la réalité en face. Son couple était parti sur de mauvaises bases, de *très* mauvaises bases.

Hélène se rappela alors que l'enseignement de l'Institut en la matière ne portait pas sur le bonheur conjugal, mais sur l'harmonie conjugale. Deux notions qu'elle avait peut-être confondues à l'époque et qui, aujourd'hui, lui paraissaient totalement différentes. Peut-être avait-elle intérêt à se concentrer sur la première et, avec le temps, accéderait-elle à la seconde... Elle commençait néanmoins à en douter sérieusement.

Un petit pas après l'autre...

Elle enfila la chemise de nuit qu'elle avait si peu portée la nuit précédente et mit un semblant d'ordre dans sa chevelure emmêlée. Elle venait de s'asseoir dans un fauteuil près du feu quand ses femmes de chambre firent irruption dans la pièce. Il s'agissait des trois jeunes femmes sympathiques qui l'avaient aidée à se dévêtir et à se préparer la veille au soir. Depuis il s'était passé tant de choses qu'Hélène avait l'impression qu'une éternité s'était écoulée.

Elles l'entraînèrent vers ses propres appartements en devisant joyeusement.

— Nous avons un soleil resplendissant aujourd'hui !

déclara l'une en français. C'est certainement en l'honneur de notre nouvelle reine.

— Quel mariage romantique ! lança une deuxième en italien. Le roi et la reine forment un couple d'une élégance folle. Les journaux locaux ne tarissent pas d'éloges à leur sujet.

— La presse étrangère aussi, renchérit la troisième. Votre mariage a fait la une dans le monde entier, Votre Majesté. Bien sûr, dans certains pays, il a fallu préciser sur une carte où se situe le royaume de Fiammetta.

Hélène se surprit à leur sourire. Ce joyeux bavardage qui n'appelait pas de réponse la réconfortait.

Elles la guidèrent le long du couloir interminable qui avait pour seul objet de relier les appartements du roi et ceux de la reine, permettant au couple de se retrouver en toute discrétion… ou de rester chacun chez soi.

Hélène se plut à songer que, si elle en décidait ainsi, elle pouvait parfaitement interdire l'accès aux siens à son époux. Elle savait néanmoins pertinemment qu'elle n'en ferait rien. C'était l'inverse qui risquait plutôt de se produire.

— Nous vous avons préparé un bain, Votre Majesté, annonça l'une de ses femmes de chambre. Nous avons pris la liberté d'y ajouter quelques herbes médicinales aux vertus apaisantes.

— Charmante attention, murmura Hélène. Je vous en remercie.

Elle passa effectivement un moment très agréable dans un bain odorant à contempler le paysage, car la baignoire, capable d'accueillir une famille au grand complet, était placée devant une baie vitrée donnant sur la ravissante vallée de Fiammetta. Un pays censé devenir le sien, ce qui, à en juger par les événements récents, ne s'annonçait pas sous les meilleurs auspices.

Au bout d'une demi-heure, Hélène sortit du bain, s'attendant à ce que les trois jeunes femmes à son service débarquent à tout moment pour l'informer que, sur ordre du roi, elles avaient empaqueté ses affaires et l'accompagneraient sous bonne escorte jusqu'à un lieu tenu secret. Elle imaginait toutes sortes de scénarios concoctés par Gianluca pour se débarrasser de sa perfide épouse dont la seule vue suffisait à l'incommoder en lui rappelant sa traîtrise.

Au lieu de quoi, elles la conduisirent dans un petit salon coquet, illuminé par le soleil hivernal, où la table du petit déjeuner était dressée. Bien entendu, il n'y avait qu'un seul couvert. Malgré son désarroi, elle dévora littéralement ses toasts, œufs brouillés et fruits, mettant cette fringale sur le fait qu'elle n'avait pas mangé grand-chose au cours des dernières semaines précédant le mariage.

Il y avait eu tous ces essayages de robe, la surveillance accrue de son régime alimentaire par son père, qui craignait qu'un ou deux kilos supplémentaires ne nuisent à son image dans les médias, sans oublier le stress, de sorte qu'elle avait perdu un peu de poids.

Par ailleurs, les ébats de la nuit précédente lui avaient certainement creusé l'appétit. D'autant que, contrairement à ce que pensait Gianluca, il s'agissait d'une expérience inédite.

Elle décida que, de toute façon, elle avait intérêt à se maintenir en bonne forme physique car il y avait fort à parier qu'elle n'était pas au bout de ses peines, et elle ne gagnerait rien à se laisser dépérir. Pas même la commisération de son mari.

Lorsque 15 heures sonnèrent, l'inactivité commençait sérieusement à peser sur son moral. Elle n'avait rien fait de la journée, à part déambuler dans ses appartements, se reposer, déjeuner, de nouveau seule, et broyer du noir.

Jamais encore elle ne s'était ennuyée à ce point, parce qu'elle avait toujours trouvé de quoi s'occuper les mains et l'esprit, y compris dans les circonstances les plus pénibles, comme la maladie et le décès prématuré de sa mère. Elle avait toujours eu une mission ou un projet qui l'avait soutenue dans l'épreuve ou lui avait permis de se projeter dans l'avenir avec optimisme.

Mais à présent, à quoi pouvait-elle se raccrocher pour continuer à aller de l'avant ?

La réponse s'imposa soudain.

L'amour-propre.

Pense à l'idée que tu as de toi-même et ne laisse personne t'amener à douter de ta valeur. Prends soin de toi.

Forte de ces bonnes résolutions, elle se rendit dans son dressing qui, en réalité, se composait de deux grandes pièces. Dans l'une se trouvait l'ensemble des vêtements qu'elle avait rapportés de chez son père en Provence ; dans l'autre, une garde-robe complète de tenues somptueuses comme il sied à une reine.

— Des présents de sa Majesté votre époux, lui avait précisé la plus jeune de ses femmes de chambre avec des étoiles dans les yeux.

— Le roi doit beaucoup m'aimer pour se montrer si généreux envers moi, avait-elle rétorqué d'un ton sarcastique qui avait désarçonné son interlocutrice.

Elle troqua la robe un peu trop formelle à son goût que lui avaient choisie ses femmes de chambre contre un jean, un pull en cachemire qu'elle affectionnait particulièrement et une paire de ballerines confortables. Aussitôt, elle se sentit mieux.

Ce matin, elle avait découvert avec stupéfaction qu'elle avait pour son usage personnel, en plus d'une chambre gigantesque et d'une salle de bains immense, une salle de fitness, un grand bureau et un plus petit probablement destiné à sa future secrétaire, des salons de dimensions différentes, dont l'un réservé à la lecture, et même une kitchenette d'une taille respectable pour le cas où elle souhaiterait boire ou grignoter quelque chose sans solliciter les cuisines du palais.

Elle n'avait encore jamais habité dans un lieu aussi vaste et luxueux. Malheureusement, elle était trop fébrile pour en profiter pleinement. Pas question de s'asseoir dans un fauteuil à attendre que le temps passe. L'indolence n'avait jamais été son genre et, compte tenu de la situation, cela ne ferait qu'accroître son sentiment de vulnérabilité et le désespoir qu'elle sentait poindre tout au fond d'elle.

Inutile de dramatiser ! s'admonesta-t-elle. *Appelle plutôt ça de la mélancolie et secoue-toi !*

Elle avait visité la résidence royale en détail à deux occasions : la première, au moment des fiançailles ; la seconde, à l'approche du mariage, lorsqu'elle séjournait dans l'une des ravissantes demeures disséminées dans l'immense parc du palais.

Pour cette raison, elle savait qu'en plus de la bibliothèque principale parfois ouverte au public et qui, par ses dimensions, s'apparentait à une salle de bal, il y en avait plusieurs autres plus modestes, réparties dans les différentes ailes du palais.

Les Fiammettains, Hélène n'avait pas tardé à s'en rendre compte, n'aimaient guère l'unicité. Aussi y avait-il plus d'une langue officielle, plus d'une ville se revendiquant capitale du royaume selon les saisons, ou encore plus d'une sortie dans chacune des pièces des bâtiments officiels du royaume.

Y compris dans les quartiers privés de la reine.

Une seule porte, en revanche, ouvrait sur le couloir permettant aux appartements respectifs du roi et de la reine de communiquer, et cette porte, elle l'avait constaté, était verrouillée.

Sans doute pour qu'elle ne puisse la franchir, ce qui lui

signifiait ainsi très clairement que chacun devait rester à sa place, surtout elle... Qu'importe ! Elle n'allait pas céder à la déprime pour une serrure fermée à double tour.

Elle s'aventura dans les corridors. Certains auraient pu s'étonner que la souveraine déambule ainsi, en jean, mais par chance elle ne croisa personne, ce qui semblait indiquer qu'elle n'était pas épiée.

Si elle n'était pas, en l'espace de vingt-quatre heures, passée du statut de jeune mariée radieuse et confiante en l'avenir à celui de traîtresse rejetée par son mari, elle se serait traitée de paranoïaque.

En revanche, son téléphone portable, qu'elle avait retrouvé ce matin dans sa chambre après cette nuit de noces apparemment trop torride, risquait d'être surveillé.

Après tout, elle s'en fichait que Gianluca ait connaissance de ses échanges par SMS ou des sites Internet qu'elle consultait. Que pourrait-il découvrir susceptible de l'incriminer ? Rien.

Elle n'avait absolument rien à se reprocher. Et, s'il jugeait puéril de regarder des vidéos drôles sur des chats, elle s'en moquait éperdument. Elle prit un selfie devant l'œuvre d'un peintre illustre dans le monde entier et l'envoya à sa cousine avec un petit message.

La réponse ne se fit pas attendre.

Têtes couronnées et maîtres flamands ! Respect, Votre Majesté, le monde vous appartient !

Le style, typique, arracha un sourire à Hélène qui, néanmoins, pour la première fois, jugea préférable de ne pas confier ses états d'âme à Faith. Elle garderait le secret sur ce qui s'était passé ici depuis la réception du mariage et sur ses relations avec son mari. Pour une raison étrange, elle sentait confusément qu'il lui valait mieux taire ses déboires, quitte à en parler plus tard si la situation l'exigeait.

Un enseignement lors d'un cours de savoir-vivre à l'Institut lui revint en mémoire.

— N'oubliez jamais, mesdemoiselles, avait dit leur professeure, que l'épouse idéale n'étale pas ses problèmes conjugaux au grand jour. Elle ne s'épanche pas auprès des journalistes sans scrupule et ne met même pas dans la confidence ses amies les plus proches. Les rapports entre mari et femme appartiennent à la sphère du privé, de l'intime, et ne regardent personne en dehors du couple. Savez-vous pourquoi ?

— Parce que cela ne servirait à rien, son père l'ayant déjà vendue au plus offrant, avait suggéré une camarade de classe qui n'avait pas sa langue dans sa poche.

L'enseignante avait esquissé un sourire bienveillant.

— Possible, Georgianna, mais aussi et surtout parce que son pouvoir réside dans sa façon de protéger son couple. Les hommes, pour la plupart, n'hésitent pas à claironner leurs attentes, voire à imposer leurs désirs. Ils ont besoin de montrer qu'ils ont le pouvoir de décision, cela flatte leur ego. Les femmes, pour leur part, ont souvent un sens de l'adaptation plus développé, ce qui ne les empêche pas, en coulisses, de tirer les ficelles. L'image que renvoie le couple au monde extérieur dépend essentiellement du comportement de l'épouse.

À l'époque, Hélène et ses camarades avaient jugé ce point de vue complètement archaïque et machiste. Aujourd'hui pourtant, alors qu'elle se tenait là, dans le palais royal de Fiammetta, son portable à la main, elle commençait à percevoir le sens caché de cette théorie.

Elle savait que, si elle faisait part de la situation à Faith, celle-ci la croirait sur parole et pourrait même voler à sa rescousse, au risque de créer un scandale.

Or, Hélène voulait éviter le scandale à tout prix, ce qui ruinerait à jamais sa relation, certes fragile et déjà dégradée, avec Gianluca. Il existait peut-être une chance, aussi mince soit-elle, de sauver ce qui pouvait encore l'être. Elle devait la tenter, elle s'y était engagée devant Dieu pas plus tard que la veille.

Elle envoya donc à Faith une série d'émoticônes humoristiques qui voulaient tout dire sans rien dire avant de fourrer son mobile dans la poche arrière de son jean et de reprendre son exploration.

Ce n'est qu'une fois parvenue à l'une des « mini-bibliothèques », qualifiées ainsi malgré leur taille non négligeable et le nombre impressionnant d'ouvrages qu'elles renfermaient, qu'Hélène eut comme une fulgurance. Sa réaction n'avait rien à voir avec l'éducation reçue à l'Institut, mais avec l'exemple maternel.

Sa tendre et joyeuse mère qui, jusqu'au bout, avait prétendu être heureuse. Elle n'en avait pas démordu et, à la connaissance d'Hélène, elle n'avait jamais raconté à quiconque les comportements d'Herbert qui, aux yeux d'un observateur extérieur, auraient pu passer pour égoïstes, voire méchants.

Elle avait même défendu son mari quand leur fille, alors âgée d'une dizaine d'années, lui avait demandé innocemment pour quelle raison elle n'avait pas épousé le prince charmant, elle qui en parlait tant. Elle lui avait adressé un sourire non dénué d'une certaine tristesse.

— Je l'ai épousé, mon chou, avait-elle répondu. La particularité des princes charmants, tu vois, c'est que parfois ils ne se montrent sous leur véritable jour qu'à l'élue de leur cœur. Quand ton tour viendra, tu sauras le reconnaître.

Avec le recul, Hélène doutait fort que sa mère ait jamais considéré son mari comme tel. En tout cas, elle l'avait protégé. Lui aussi l'avait protégée, à sa manière. Elle n'avait jamais manqué de rien, avait joui de sa liberté et avait pu compter sur son soutien lorsqu'elle était tombée malade.

Voilà pourquoi Hélène n'avait pas partagé sa déconvenue avec Faith.

Ou alors, songea-t-elle ensuite, après avoir regagné sa chambre, les bras chargés de livres, c'est parce que je suis lâche. J'ai peur d'affronter la réaction de ma cousine, peur d'admettre que ce mariage est déjà un échec.

Elle n'eut pas le loisir de s'interroger très longtemps car, l'après-midi tirant à sa fin, ses femmes de chambre vinrent l'aider à se préparer pour le dîner, dîner qu'elle prendrait, semblait-il, dans la salle à manger privée de son royal époux.

Celui-ci l'accueillit avec une courtoisie dépourvue de chaleur, congédia les domestiques, puis l'examina de la tête aux pieds comme s'il avait devant lui un spécimen de créature étrange.

— Aujourd'hui, j'ai réfléchi aux différents choix qui s'offrent à moi, annonça-t-il froidement.

— Voilà qui n'augure rien de bon, répliqua-t-elle sur le ton de l'ironie.

Ce n'était pas ainsi, par la provocation, qu'on lui avait appris à gérer les situations conflictuelles, mais il ne fallait pas lui en demander trop. Elle avait les jambes qui tremblaient légèrement et aurait préféré s'asseoir. Toutefois, Gianluca se tenait debout, près des hautes portes-fenêtres donnant sur la montagne, et elle n'avait pas l'intention de se placer en position d'infériorité. Elle soutint son regard, se demandant où était passé l'homme qu'elle croyait avoir découvert durant leurs fiançailles.

Et comment il pouvait s'être forgé une opinion si négative à son sujet, jugement qui, au vu de sa mine rébarbative, n'avait pas changé d'un iota.

Elle ne tarda pas à en avoir confirmation.

— Tu m'as mis complètement en porte à faux, déclara-t-il sèchement, et je ne te le pardonnerai jamais. Si je romps notre mariage, je devrai justifier ma décision et expliquer pourquoi j'ai, à mon insu et par ta faute, enfreint une loi ancestrale du royaume, et j'en enfreindrai une autre en gouvernant Fiammetta alors que je suis divorcé. Par la même occasion, je passerai pour un faible que l'on peut duper à sa guise. Cette solution est de ce fait inenvisageable. Nous allons donc nous concentrer sur ce que nous sommes en mesure de maîtriser, à savoir assurer la descendance de ma lignée.

L'insulte atteignit Hélène de plein fouet.

— Je te demande pardon ! lança-t-elle, outrée.

Mais Gianluca sembla indifférent à sa réaction.

— Tu t'y es engagée devant Dieu et la nation tout entière. Cela ne te suffit pas d'avoir trahi ma confiance ? Vas-tu de surcroît renier la parole donnée au peuple dont tu es désormais la souveraine ? Mais peut-être as-tu l'intention de saper mon pouvoir et mon image à coups de scandale, comme cela s'est produit dans un certain nombre de monarchies modernes ?

— Et si tel était le cas ? dit-elle sur le ton de la bravade.

— Tu n'en auras pas l'opportunité, répondit-il d'une voix sourde et menaçante. Ma grand-mère aimait jouer les ermites par moments. Elle s'est fait construire un petit château à mi-chemin entre ici et la frontière italienne, accessible uniquement en hélicoptère ou à dos de mule, sous réserve que l'animal soit robuste. L'endroit est perdu en pleine montagne, de sorte qu'il n'y a aucun réseau, donc pas de téléphone, ni d'Internet. Il est complètement coupé du monde. Sache que je n'hésiterai pas une seule seconde à t'y envoyer si tu m'y obliges. Comme tu l'as sans doute déjà compris, je ferai toujours tout ce qui est en mon pouvoir pour protéger mon royaume.

Malgré sa gorge affreusement nouée, Hélène réussit à pousser un soupir de condescendance.

— On se croirait revenus à l'époque du Moyen Âge, quand les seigneurs enfermaient leur épouse avant de partir guerroyer. As-tu prévu la ceinture de chasteté ?

Elle frémit sous son regard insistant, qui exprimait à la fois de la colère, de la détermination et de la douleur.

— Si tu penses que je plaisante, Hélène, permets-moi de te dire que tu te trompes lourdement.

Son sang se glaça dans ses veines.

— J'en ai l'impression, lâcha-t-elle avec difficulté, parvenant à grand-peine à réprimer les sanglots qui l'étouffaient.

Craignant que ses jambes ne se dérobent sous elle, elle s'assit le plus dignement possible à la place qu'elle devina être la sienne, le couvert disposé en bout de table étant vraisemblablement destiné au roi.

Sa mère lui avait appris que, dans les situations tendues, le recours à des rituels simples du quotidien permettait de garder la tête haute et de gagner du temps, et s'avérait souvent beaucoup plus efficace qu'une scène.

Hélène croisa les mains sur ses genoux afin d'éviter qu'elles tremblent. Le dos bien droit et les yeux baissés vers son assiette vide, elle attendit la suite, sentant confusément que Gianluca aurait de loin préféré une scène. Son intuition lui soufflait qu'en entrant dans son jeu elle lui donnerait raison.

Leur professeure à l'Institut leur avait à maintes reprises répété que les apparences sont trompeuses, qu'il faut savoir trouver soi-même sa place au sein du couple et ne pas compter forcément sur son époux.

À présent, elle prenait la pleine mesure du bien-fondé de ces conseils qui, sur le moment, lui avaient paru d'une autre époque. Si ce qu'elle voyait là était le vrai visage de Gianluca, elle allait effectivement devoir user de finesse pour « trouver sa place au sein du couple »... à condition qu'elle en ait une.

En être réduite à cela vingt-quatre heures seulement après avoir dit oui devant l'autel tenait certainement du record. Un record dont elle se serait volontiers passée.

Le repas fut servi dans les règles de l'art, avec cette perfection exquise que Gianluca semblait exiger en toutes choses. Ce n'est qu'après le départ des domestiques, lorsqu'ils se retrouvèrent en tête à tête, qu'il ouvrit de nouveau la bouche. Et les hostilités reprirent.

— Que ce soit bien clair : je ne tolérerai pas que la moindre rumeur circule sur l'état de nos relations. Le cas échéant, je saurai qui incriminer.

— Par chance, répliqua Hélène en attaquant l'entrée avec un entrain forcé, comme si elle avait trop faim pour se laisser distraire par la discussion, je n'ai pas la moindre idée de la manière de s'y prendre pour lancer une rumeur. J'ai beaucoup appris lors de mes études à l'Institut, mais pas ce... détail.

Elle venait de marquer un point, car il resta interdit, la fourchette en l'air, à la fixer. Plus il la dévisageait, et moins la dureté de son regard la blessait. Du moins avait-elle décidé de s'en convaincre.

— Tu as effectivement appris *beaucoup de choses*, dit-il d'un ton perfide. J'ai eu l'occasion de le constater. Dommage que la vertu n'en ait pas fait partie.

Hélène accusa le coup sans broncher. Elle ne lui donnerait pas le plaisir d'avoir prise sur elle. Elle continua donc d'appliquer la tactique préconisée par sa mère.

— Ne naissons-nous pas tous pécheurs ?

Il n'apprécia manifestement pas sa remarque, mais ne dit rien. Un silence pesant s'établit, Hélène s'efforçant de se concentrer sur la nourriture, au demeurant excellemment préparée.

— Compte tenu du fait que ma vue suffit manifestement à te couper l'appétit, déclara-t-elle au bout d'un moment, alors que le silence s'éternisait, est-il bien judicieux que nous prenions nos repas ensemble ?

— C'est indispensable dans le cadre de notre lune de miel, à savoir durant les trente jours suivant le mariage, répondit-il froidement. Nous ne partirons pas en voyage de noces, mais nous devons nous comporter comme des jeunes mariés.

Il marqua une pause, et elle devina que le pire restait à venir.

— En d'autres termes, oui, nous partagerons nos repas. Nous devrons également nous rendre ensemble à une longue série de réceptions afin de montrer au royaume que le couple royal est solidaire et uni. Sous réserve que tu saches te tenir et que tu évites de plonger la Couronne dans l'embarras, tu pourras même avoir tes propres engagements. Rappelle-toi néanmoins qu'il ne s'agit que d'une comédie et que de nouvelles règles s'appliqueront au-delà des trente jours.

— Alors sonnera pour toi l'heure de la revanche, dit Hélène d'une voix presque guillerette.

Elle constata qu'une fois de plus sa mère avait raison quand elle affirmait qu'il n'y a rien qui exaspère plus un homme que de ne pas réussir à amener l'autre où il le souhaite, en l'occurrence à s'énerver.

Elle offrit à son époux son sourire le plus ingénu.

— Durant ce mois, nous pourrions peut-être déjeuner et dîner en musique. Qu'en penses-tu ? Pour combler le silence assourdissant et limiter les joutes verbales.

— Pourquoi pas, concéda-t-il, non sans une certaine réticence.

— Je m'en réjouis. J'imagine que mon rôle ne se bornera

pas à jouer les jeunes mariées épanouies en public. Il faudra aussi sans doute que je tienne celui de la poulinière en privé.

Elle sursauta presque quand il éclata de rire. Certes, ce n'était pas un rire joyeux, mais elle s'y attendait tellement peu qu'il lui mit du baume au cœur. Après tout, son couple n'était peut-être pas irrémédiablement fichu. Peut-être parviendrait-elle, à force de patience et de persévérance, à recoller les morceaux. D'autant qu'ils s'entendaient à merveille sur le plan sexuel. Malgré son manque d'expérience dans ce domaine, elle en avait la conviction.

— À t'entendre, on pourrait croire que donner des héritiers à la Couronne ne constitue pas une priorité à tes yeux. À moins que tu ne te sois imaginé, à tort, que le roi de Fiammetta a recherché une épouse ayant des prédispositions pour le sport en chambre.

Craignant de s'aventurer sur un terrain miné, elle préféra se taire. Elle avait le sentiment que, comme dans les romans policiers, « tout ce qu'elle dirait pourrait être retenu contre elle ».

— Il ne s'agit pas d'un mariage d'amour, déclara alors l'homme qu'elle avait accueilli en elle et à qui elle avait offert sa virginité sans arrière-pensée. Je ne peux que m'en estimer heureux. Désormais, il n'y a plus aucune raison de feindre le contraire dans l'intimité.

Sur ces mots d'une cruauté inouïe, Gianluca se leva et quitta la salle à manger.

— Moi, je ne feignais pas, murmura Hélène avant que les larmes se mettent à ruisseler sur ses joues.

6

Pas besoin d'être une experte en lune de miel pour deviner que la sienne était pour le moins atypique. D'ailleurs, Hélène ne souhaitait à personne de vivre la même expérience tant les rapports entre elle et son époux étaient glacials.

Plus encore que la bise balayant ce pays devenu le sien, du moins officiellement, ou que la neige qui tombait presque sans discontinuer. Par chance, le palais était bien chauffé.

Les Fiammettains étaient habitués à leurs hivers excessivement froids, et l'étonnement d'Hélène chaque matin devant l'épaisseur de la couche de neige qui s'était accumulée sur le balcon durant la nuit suscitait l'hilarité de ses femmes de chambre. Ce qu'elle considérait comme une température polaire était, pour elles, complètement normal.

Normal… Hélène tâchait de se convaincre qu'il en allait de même de son mariage. Faute d'avoir des amies mariées à des rois, elle n'avait personne auprès de qui se renseigner, aussi préférait-elle se répéter que tous les souverains de la planète se comportaient de la même manière avec leur épouse.

Sauf tout de même sur le plan sexuel car, depuis qu'il avait mentionné le devoir royal de perpétuer la lignée, il ne l'avait pas touchée une seule fois. Elle avait beau se dire que ce répit était une bénédiction, au fond d'elle-même elle savait qu'il n'en était rien.

Chaque soir après le dîner, ses femmes de chambre l'attendaient à la porte des appartements du roi et l'escortaient jusqu'à sa chambre pour l'aider à se dévêtir et à se préparer pour la nuit, comme si ce rituel banal nécessitait l'intervention d'une armée de domestiques depuis son accession au trône. Un tel déploiement de moyens lui rappelait néanmoins que chacun de ses faits et gestes pouvait être scruté et qu'elle avait intérêt à se conduire correctement.

Comme si je ne m'étais pas conduite correctement toute ma vie, quoi qu'en pense Gianluca !

Ensuite, les trois femmes s'éclipsaient discrètement, pensant sans doute qu'elle rejoindrait son mari. Au lieu de quoi elle grimpait dans l'imposant lit à baldaquin de la reine et, étendue sur le dos, elle contemplait le plafond en se remémorant encore et encore sa nuit de noces, l'intensité de ces instants, les sensations extraordinaires qu'elle avait découvertes, et en songeant à toutes celles qu'il lui restait à expérimenter.

Alors, il n'y avait plus de « répit » qui tienne, la frustration devenait une véritable torture.

Ils ne partageaient pas leurs nuits, mais Gianluca avait insisté pour que, surtout au début de leur pseudo-lune de miel, ils se montrent ensemble dans leur quotidien, comme ils l'avaient fait pendant les fiançailles. L'idée était de prouver au personnel du palais, parmi lequel se trouvaient forcément quelques informateurs de journaux, que le jeune couple filait le parfait amour.

Aussi se promenaient-ils dans les jardins dès que la météo le permettait ou, les autres jours, dans les galeries, tout en conversant poliment, comme deux étrangers. En revanche, leurs sorties n'échappaient pas à la vigilance des journalistes et faisaient l'objet de récits enflammés, avec photos à l'appui.

— Je croyais que tu ne voulais pas nous donner en pâture à la presse, s'étonna Hélène, lors d'une de leurs promenades dans le parc enneigé.

Il lui adressa un regard lumineux, l'un de ceux que tout observateur interpréterait comme le signe d'un intérêt manifeste et qui générerait un gros titre du genre :

> *« Sa Majesté buvant littéralement les paroles de sa jeune épouse. »*

— Ce n'est pas réaliste. Voilà pourquoi je préfère gérer l'image que nous leur offrons plutôt que de les laisser fourrer leur nez partout.

Mieux vaut, en effet, éviter que le public apprenne que le roi néglige déjà sa femme, songea Hélène avec amertume. *Cela risquerait de donner lieu à toutes sortes de rumeurs désagréables.*

Elle choisit de ne pas s'appesantir sur le sujet.

— Il y a eu de très nombreux articles sur la famille royale depuis notre mariage, avec des éclairages différents sur son histoire. Je prends plaisir à les lire. Cependant, ils mentionnent souvent les « humeurs » de ton père, et je me demandais...

— Hélène ! l'interrompit-il d'un ton sec tout en continuant de lui sourire pour la galerie. Sauf si l'article émane directement du palais, tu peux partir du principe qu'il s'agit d'une pure fiction.

Elle n'insista pas et se comporta comme si de rien n'était, tout en se promettant de creuser le sujet. Par chance, cette corvée ne s'éternisait pas. Une heure par jour de comédie, tout au plus. Ensuite, elle recouvrait sa liberté d'explorer la richesse des bibliothèques du palais.

Elle passait ses journées à lire, à se faire dorloter par ses femmes de chambre qui prenaient le plus grand soin d'elle, à déguster les créations culinaires du chef, dignes d'un triple étoilé Michelin, et à se promener, seule ou en compagnie d'un beau ténébreux qui faisait mine de n'avoir d'yeux que pour elle. En bref, elle n'était pas à plaindre, et sa vie ressemblait, à quelques exceptions près, à celle qu'elle rêvait d'avoir quand, enfant, elle regardait en boucle *La Belle et la Bête*.

Pourtant, elle avait l'impression de marcher sur des œufs ou, pire encore, de traverser un champ de mines. Elle se tenait en permanence sur le qui-vive, dans l'attente de la sanction promise par Gianluca.

Refusant de sombrer dans la mélancolie, elle entreprit de trouver elle-même les réponses à ses questions. Les journaux et magazines autorisés à l'intérieur du palais étant triés sur le volet, elle écumait les bibliothèques à la recherche d'ouvrages traitant de la famille royale en général et de feu le roi Alvize en particulier.

Elle était persuadée que la clé pour décrypter la personnalité de son époux et sa réaction brutale après leur nuit de noces résidait d'une manière ou d'une autre dans les fameuses « humeurs » de son défunt beau-père, lesquelles semblaient être un sujet tabou.

Le secret, si secret il y avait, était bien gardé, et elle ne découvrit hélas pas grand-chose d'intéressant.

Au bout d'une dizaine de jours, ses femmes de chambre la réveillèrent un matin en lui annonçant qu'il était maintenant temps pour elle d'assurer ses devoirs royaux. Elle se retrouva donc entre les mains d'une tutrice qui s'employa à lui apprendre tout ce qu'il y avait à savoir sur la monarchie fiammettaine, et notamment le rôle d'épouse du roi.

Car, au cours de sa longue histoire, seules trois reines avaient effectivement gouverné. Exemple de couple dont

Hélène devait s'inspirer à en croire sa tutrice, la première avait épousé un homme qui l'avait secondée efficacement tout en acceptant volontiers de rester à l'arrière-plan. La deuxième n'avait régné que quelques années et était morte sans descendance. Le royaume avait alors sombré dans le chaos, les héritiers potentiels se livrant une guerre sans merci pour s'approprier le trône.

Mais c'est la troisième et dernière qui avait suscité le plus d'intérêt chez Hélène. Celle-ci avait épousé l'homme qui avait été choisi pour elle. Le prince n'avait cependant pas tardé à se révéler trop ambitieux et, ayant des vues sur le trône, il avait ourdi un complot. Alors, elle l'avait fait jeter dans un cachot, puis assassiner.

— Voilà une jolie histoire à raconter aux enfants à l'heure du coucher, avait dit Hélène en souriant.

— Votre Majesté ne manque pas d'humour, avait répondu sa tutrice d'un air pincé.

En réalité, ces leçons avaient aiguisé sa curiosité vis-à-vis de la seule autre reine qu'elle avait à peine entrevue : la reine mère Elettra, dont Gianluca ne parlait jamais.

Le seul moyen de se renseigner sur sa belle-mère, c'était de consulter les tabloïdes, ce qui était très imprudent dans l'enceinte du palais. Elle confia donc cette mission à sa cousine, sous prétexte de vouloir connaître le portrait qui était dressé de sa belle-famille au fil du temps dans l'imaginaire collectif.

Faith accepta avec enthousiasme et entreprit de passer en revue les chats, groupes de discussion et autres fils de réseaux sociaux réputés pour avoir la dent dure. Tous s'accordaient sur une version plus ou moins similaire. Certes, le roi Alvize n'avait pas un caractère facile et, à en croire la « gazette du palais », était plutôt du genre soupe au lait dans le cadre privé, mais la faute en incombait apparemment à la reine Elettra et à son comportement dévergondé.

Dévergondé…

Ce qualificatif peu flatteur trouvait une résonance particulière chez Hélène.

Un soir, alors qu'ils quittaient le palais dans la limousine officielle sous bonne escorte pour se rendre à un gala de bienfaisance, elle parla à Gianluca de son ancêtre meurtrière connue dans les annales sous le surnom de « Reine du crime ».

— Tout bien réfléchi, conclut-elle, elle avait quelques raisons d'ordonner qu'il soit tué.

— L'assassinat d'un roi est considéré comme une haute trahison.

— Le traître, c'était lui, car il avait comploté contre la souveraine. Or, tu sais ce que dit le dicton ?

— Veille à ne pas épouser n'importe qui ?

Le sous-entendu lui était sans doute destiné, mais elle feignit de ne pas comprendre.

— Qui joue un jeu perfide ne remporte qu'un cadeau empoisonné.

Il ne lui adressa plus directement la parole de la soirée, sauf pour sauvegarder les apparences. En revanche, il l'impressionna de nouveau par ses talents de comédien. C'était impressionnant de voir comme il savait parfaitement donner le change. À tel point qu'Hélène se demandait s'il avait été sincère avec elle une seule fois. Bien qu'il s'agisse d'un mariage arrangé ayant donné lieu à un certain nombre de tractations, elle avait pourtant pensé qu'il s'était réellement passé quelque chose entre eux.

Le sourire qu'il lui avait offert dans le jardin lors de sa première visite en Provence était authentique. Cela, au moins, elle voulait le croire.

— Tu t'en es plutôt bien sortie, déclara-t-il sur le chemin du retour, alors qu'ils étaient assis côte à côte dans la pénombre de la limousine. Il est rassurant de constater que je peux me fier à toi pour tenir ton rang... à défaut d'autre chose.

— J'ai été bien dressée, et le mérite en revient à l'Institut. Il excelle dans l'art de former des jeunes filles de bonne famille à devenir des femmes du monde accomplies.

— À ta place, je me montrerais moins sarcastique et je ferais preuve de beaucoup de gratitude. D'après ce que je sais maintenant de toi, tu as dû leur donner pas mal de fil à retordre. D'ailleurs, ils n'ont pas atteint complètement leur objectif.

Piquée au vif, Hélène se tourna vers lui.

— Je ne pense pas que tu sois la personne la mieux placée pour dispenser des leçons de probité, toi qui passes ton temps à simuler. Si je ne savais pas à quoi m'en tenir, j'aurais juré que tu étais éperdument amoureux de moi, ce soir.

À la façon dont l'expression de Gianluca s'assombrit subitement, elle se rendit compte qu'elle aurait mieux fait de s'abstenir. Le retour à la réalité ne s'était pas fait attendre.

Malgré la situation, elle avait aimé assister à ce gala superbe, au bras de cet homme qui semblait n'avoir d'yeux que pour elle. Comme s'il était réellement le roi exigeant et compétent, mais tendre et sensible, qu'elle s'était imaginé. Durant ces quelques heures, elle avait même oublié la tournure étrange et pathétique qu'avaient prise leurs relations, le naufrage de leur couple en l'espace de vingt-quatre heures à peine. Un record, sans nul doute !

— Il faut que tu comprennes, Hélène, que je ne reculerai devant aucun sacrifice pour répondre aux attentes de mon peuple.

Ces mots lui firent l'effet d'un coup de poignard, un poignard dont la lame aiguisée lui transperça le cœur. Au prix d'un véritable effort et grâce à des années d'entraînement avec son père, elle réussit à n'en rien laisser paraître et à esquisser un pâle sourire.

— Tu crois que c'est vraiment ce que veulent tes sujets ? Un simulacre de conte de fées ?

— Chaque personne sensée sait que les contes de fées n'existent pas, ma chère. Ils sont seulement destinés à berner les enfants. Ce que ne veut plus mon peuple, c'est que les affaires conjugales de leurs souverains s'étalent en première page des journaux, défrayent la chronique et salissent la mission sacrée qui consiste à représenter le royaume aux yeux du monde, à défendre ses intérêts et à le protéger envers et contre tout. Dix ans après le piètre exemple donné par mes parents, il aspire à une histoire d'amour. Il l'aura.

Le regard dur qu'il lui jeta acheva de lui perforer le cœur.

— Quoi qu'il m'en coûte, ajouta-t-il froidement.

— Une histoire follement romantique, en effet. Et qui ne dupera personne quand tu m'enfermeras dans un château au sommet d'une montagne, sans mes enfants, pour que j'expie mes péchés jusqu'à sombrer dans l'oubli.

Un sourire sarcastique, presque cruel, étira les lèvres de Gianluca.

— Tu serais surprise de constater à quel point le palais est capable de déployer des trésors d'imagination pour maquiller une affaire sordide en un conte digne de s'inscrire dans la légende.

— À en juger par mon expérience de la Couronne jusqu'à aujourd'hui, je n'en doute pas une seconde.

Ce lui fut une bien maigre satisfaction de surprendre un rictus sur son visage.

Cette nuit-là, elle resta longtemps étendue dans le noir à chercher le sommeil qui s'obstinait à la fuir. L'esprit en ébullition, elle se repassait en boucle le film de leur relation sans en omettre le moindre épisode afin de déterminer à quel moment précis la situation avait dérapé et pourquoi ce malentendu avait pris des dimensions aussi dramatiques. Elle en arrivait toujours au même constat : en public, il feignait de l'aimer ; en privé, elle faisait mine de se moquer de son mépris.

Son corps aussi la torturait, car il lui rappelait sans cesse les sensations extraordinaires auxquelles Gianluca l'avait initié et dont il était désormais sevré.

Les larmes débordèrent de ses paupières et roulèrent sans discontinuer sur ses joues, comme si les vannes d'un barrage avaient cédé. Ici, personne ne risquait de l'entendre, elle était seule, *si seule*. Hélène laissa libre cours à ses sanglots, jusqu'à l'épuisement. Alors, elle se leva et se rendit dans la salle de bains. En découvrant ses yeux gonflés et son visage rougi dans le miroir, elle songea que la boucle était bouclée et que son apparence physique avait fini par refléter le mal qui la rongeait de l'intérieur.

Elle pressa un linge humide sur son visage jusqu'à ce que sa respiration saccadée s'apaise et que la tension s'évacue, puis elle regagna sa chambre et s'enveloppa dans un plaid en cachemire avant de se pelotonner dans le grand fauteuil placé devant la fenêtre dont elle avait écarté les rideaux.

Le mois de janvier traînait en longueur et, lorsqu'elle avait quitté l'abri de la limousine pour rentrer à l'intérieur du palais, le froid sibérien s'était insinué en elle, la privant d'oxygène.

Glacée jusqu'aux os.

C'était précisément ce qu'elle ressentait tandis qu'elle contemplait la vallée longue et étroite, encore constellée de lumières, nichée au cœur du royaume qui était aussi un peu le sien, que cela plaise ou non à son royal époux.

Sous des dehors doux et dociles, fruit d'un entraînement

quotidien, Hélène cachait une grande force de caractère. Un atout qu'elle veillait à cultiver. Mais, ce soir, elle avait perdu sa confiance en elle et son optimisme. Après tout, elle avait bien le droit, elle aussi, de s'apitoyer sur son sort.

Serait-elle condamnée à vivre ainsi jusqu'à la fin de ses jours ? Son existence était-elle vouée à se résumer à un vide abyssal, une routine étouffante, sans joie ni perspective d'avenir ?

Un instant, elle envisagea de téléphoner à Faith pour lui faire part de ses états d'âme. Ensemble, elles parviendraient peut-être à trouver une solution. Cependant, elle y renonça, devinant par avance ce que lui suggérerait son intrépide cousine : la fuite.

Sur le plan pratique, c'était totalement irréaliste, car la garde du palais l'empêcherait de mener à bien ce projet ou aurait vite fait de la rattraper. Ensuite, il y avait fort à parier qu'elle ne jouirait plus de la moindre liberté de mouvement.

Sur le plan moral, c'était contraire à ses valeurs. Elle se devait de tenir ses engagements, même si Gianluca, de son côté, ne respectait pas son serment de « l'aimer fidèlement dans le bonheur ou dans les épreuves tout au long de sa vie ».

Immobile, Hélène resta ainsi, prostrée, un long moment, réfléchissant au fait que l'histoire se répétait.

Elle avait passé son temps à apprendre à gérer un homme qui ne lui témoignait aucune affection. Et voilà qu'elle se trouvait confrontée à un défi comparable avec Gianluca. Herbert lui avait donné l'opportunité de mettre en pratique la tactique maternelle. Elle avait beaucoup observé comment s'y prenait sa mère et, par la suite, ne s'en était pas si mal sortie, vu que rien de ce qu'elle pouvait faire ou dire ne trouvait de toute façon grâce aux yeux de son père.

À présent, la donne était différente, et les enjeux s'avéraient plus personnels, mais elle avait acquis une certaine expérience en la matière.

Si elle envisageait la situation sous cet angle, la principale difficulté consistait à maîtriser ses propres émotions. Un problème d'autant plus épineux que, depuis sa nuit de noces, elle savait à quoi ressemblait la passion... puis la frustration. Avant de rencontrer Gianluca, elle espérait simplement tomber sur un mari qui ne serait pas repoussant physiquement et qui se montrerait courtois au lit. Elle considérait le devoir conjugal comme une formalité nécessaire dont elle s'acquitterait sans enthousiasme, mais sans répulsion, dans l'unique but d'avoir des enfants.

Elle n'aurait pas imaginé que sa libido, un jour, la torturerait à ce point, ni qu'elle éprouverait un tel désir pour un homme. Un désir puissant, presque animal, qui faisait tomber les barrières de l'éducation.

Et qui, paradoxalement, risquait de lui coûter son mariage.

Tout bien réfléchi, elle avait le choix entre deux solutions : soit adopter, comme sa mère, une attitude qui, sous couvert de soumission, lui garantirait une certaine liberté ; soit essayer de construire son couple en capitalisant sur l'entente sexuelle qui, elle l'avait constaté, existait entre elle et Gianluca.

La première ne lui paraissait pas viable, car elle y perdrait son âme. N'étant pas aussi douce et patiente que sa mère, elle s'étiolerait.

La seconde, en revanche, lui paraissait plus judicieuse et beaucoup moins monotone. Il était temps pour elle de jouer avec ses propres atouts, d'agir et non plus de subir.

De toute façon, elle ne risquait rien à tenter sa chance. Ce n'était pas comme si Gianluca pouvait la mépriser davantage.

7

Quelques semaines plus tard, Gianluca assistait à un énième gala. Au profit de quelle œuvre caritative ? Il n'aurait su le dire. De même qu'il avait cessé de compter le nombre de réceptions et de réunions auxquelles il avait dû se rendre ces derniers temps. Il avait également oublié la plupart des noms des hauts dignitaires invités à la soirée.

Parce que, malheureusement, toute son attention restait concentrée sur une seule personne : Hélène. Notamment lorsqu'ils participaient à des événements de ce genre où il observait, fasciné, la facilité avec laquelle elle charmait quiconque croisait son chemin, sans même paraître s'en apercevoir.

— Vous semblez contrarié, Votre Majesté, murmura-t-elle avec ce sourire serein dont elle avait le don, tandis qu'ils se dirigeaient vers la piste de danse.

Il leur appartenait d'ouvrir le bal. Les autres couples de danseurs les rejoignaient après les premières mesures, mais c'est à peine si Gianluca les remarquait.

— Je m'interroge sur ta faculté incroyable à dissimuler tes crocs derrière un sourire angélique. Pourtant, ils sont bien là, je le sais.

Hélène ne sembla pas froissée. Au contraire, son sourire s'accentua.

— Des crocs ? Comme c'est amusant ! À moins que tu ne sois en train de me dire que ma dentition nécessite un traitement d'orthodontie.

Il faillit exploser de rire, mais se ressaisit juste à temps. *Rappelle-toi à quel genre de femme tu as affaire. Le genre que tu voulais éviter à tout prix. Et pourtant tu t'es laissé piéger comme un débutant.*

— Les femmes comme Elettra, lui avait confié son père sur son lit de mort, ont l'art de cacher leur vraie nature. La vipère tapie en elles est là, prête à bondir quand tu t'y attends le moins.

Sa vipère à lui ne manquait pas d'humour, mais il demeurait sur ses gardes. Elle assumait ses obligations royales avec une aisance déconcertante, voire suspecte, songea-t-il lorsque, après avoir dansé, ils se prêtèrent de nouveau au jeu des interactions sociales. Ces gens payaient cher pour participer à ce type de soirées, pour avoir une chance de rencontrer le couple royal et d'échanger quelques mots avec lui.

En voyant comment leurs interlocuteurs étaient subjugués par la reine, il était tenté d'imaginer ce qu'aurait pu être sa vie avec elle, si elle ne l'avait pas trompé sur sa véritable personnalité. Mieux valait qu'il s'en abstienne, car cela ne le mènerait à rien, sinon à regretter encore plus amèrement son choix de l'épouser.

En revanche, il lui reconnaissait un réel talent en société. Elle était charmante, ravissante, intéressante. La presse ne tarissait pas d'éloges sur ce qu'elle avait baptisé « l'idylle royale » et sur les qualités de leur nouvelle souveraine qui symbolisait la femme idéale fiammettaine.

Elle séduisait aussi par son élégance et sa distinction

naturelles. Elle était tout à la fois assez sophistiquée pour recevoir à sa table des chefs d'État et des diplomates influents et assez accessible pour faire rire ses convives, les mettre à l'aise et veiller à ce que personne ne se sente pas à sa place.

Il avait beau se répéter que le mérite en revenait à son éducation, l'Institut étant réputé pour former de parfaites hôtesses, Gianluca était conscient que son épouse avait quelque chose de spécial.

Des crocs et des griffes que, s'il n'y prenait garde, elle lui planterait dans le cœur. Voilà pourquoi, en sa présence, il avait toujours l'impression de manquer d'oxygène.

La soirée s'acheva enfin, et ils prirent le chemin du retour vers le palais. La limousine n'avait parcouru que quelques kilomètres quand Hélène se tourna vers lui.

Gianluca s'attendait à une remarque acerbe et s'y prépara. Pas question de se laisser déstabiliser. Compte tenu de la situation, leur relation était vouée à suivre la même évolution que celle d'Alvize et d'Elettra. Il y avait fort à parier qu'Hélène deviendrait de plus en plus acariâtre en constatant qu'elle n'avait aucune prise sur lui. Sur ce chapitre comme sur de nombreux autres, il avait une longueur d'avance sur elle, car il avait eu l'exemple édifiant de ses parents.

Elle le prit néanmoins de court en lui offrant l'un de ses plus beaux sourires, celui qui faisait scintiller les paillettes d'or dans son beau regard brun.

— Je vais avoir du mal à remplir mon office de poulinière s'il n'y a pas d'accouplement.

Il eut l'impression de recevoir un coup de massue sur le crâne.

— Pardon ?

Il avait forcément mal compris. À force de se repasser en boucle le déroulement des événements de leur nuit de noces grandiose, il finissait par prendre ses désirs pour des réalités.

Mais il connaissait les femmes comme Hélène. Il avait été élevé par l'une d'entre elles. Il pensait que, son secret éventé, elle ne ferait plus jamais référence à la sexualité devant lui, à moins de s'en servir pour tenter avec lui le petit jeu de la carotte et du bâton.

— Je te présente mes plus plates excuses, déclara-t-elle d'un ton poli, mais un peu sec.

Elle ne va pas tarder à sortir les crocs, songea Gianluca.

— J'oublie tout le temps que tu es un roi et que tu ne t'abaisses pas à fréquenter les écuries. Tu n'as sans doute jamais vu comment cela se passe quand on veut faire pouliner une jument. Si tu veux des héritiers, je crains fort qu'il ne te faille surmonter le dégoût que je t'inspire et m'accueillir de nouveau dans ton lit.

Il aurait été en droit de s'offusquer, mais le désir qu'il peinait à museler nuit après nuit l'envahit tel un raz-de-marée, et ses sens firent taire la raison. Il se pencha vers elle jusqu'à ce que leurs visages ne soient plus qu'à quelques centimètres l'un de l'autre. De surprise, elle écarquilla les yeux, et ses lèvres dessinèrent un « O » parfait.

— Pas besoin d'un lit, *mia regina*. Je te l'ai déjà dit : je ne reculerai devant aucun sacrifice pour répondre aux attentes de mon peuple. Jamais.

Et il le lui prouva. Là, dans l'obscurité de la limousine, au milieu du cortège d'automobiles qui les escortaient jusqu'au palais.

Lorsqu'ils sortirent du véhicule, Hélène avait les joues rouges et les cheveux en bataille, et il admira malgré lui la dignité avec laquelle elle gagna sa chambre, la tête haute, dissuadant quiconque de la regarder avec trop d'insistance.

Elle a vraiment tout d'une reine, lui susurra une petite voix insidieuse.

Pour autant, reste sur tes gardes, car elle cache bien son jeu, songea Gianluca une fois de retour dans ses propres appartements.

Il se glissa sous le jet d'eau chaude de la douche et laissa ses pensées vagabonder.

Aussi sophistiquée, élégante, éduquée et charmante que soit Hélène, les apparences étaient trompeuses. Son attitude lors de leur nuit de noces lui avait prouvé qu'elle n'était pas vierge. Jamais une jeune femme inexpérimentée ne se serait donnée avec tant de passion. Ce qui venait de se produire dans la limousine ne faisait que confirmer ses soupçons.

Elle n'avait pas protesté quand il l'avait attirée à lui et s'était assise à califourchon sur ses genoux. Ils s'étaient embrassés, puis tout s'était enchaîné très vite, échappant à leur contrôle. Il avait remonté sa robe longue jusqu'à ses hanches tandis qu'elle libérait son membre dur.

Lorsqu'elle l'avait accueilli en elle, il avait emprisonné sa taille entre ses mains pour guider le mouvement. Les paupières mi-closes, elle avait rejeté la tête en arrière et avait laissé échapper un soupir de volupté, comme si elle espérait ce moment depuis longtemps. Ils étaient restés immobiles, soudés l'un à l'autre, puis Hélène avait rouvert les yeux et, le regard rivé au sien, elle l'avait chevauché jusqu'à ce que l'orgasme les saisisse, ensemble.

De nouveau, elle avait démontré qu'elle n'avait rien d'une novice, dissipant ainsi ses derniers doutes. Hélas, le corps de Gianluca se moquait qu'elle ait ou non menti. Il n'avait jamais connu un plaisir si intense, et son désir semblait insatiable.

Après une nuit agitée, Gianluca se leva et redoubla d'efforts pour creuser dans le passé de son épouse. Les gens ne parvenaient jamais à cacher leurs secrets aussi bien qu'ils se l'imaginaient, il y avait forcément une faille. Tôt ou tard, il découvrirait la brèche et s'y engouffrerait. Alors, il apprendrait la vérité.

En attendant, il ne verrouilla plus la porte de communication entre leurs appartements et se convainquit sans mal qu'il agissait ainsi dans un seul but : perpétuer la lignée royale de Fiammetta. Croyait-elle le manipuler en usant du plus vieux stratagème au monde ? Sans doute, mais il s'en fichait éperdument.

Il s'acquittait de son devoir, comme il l'avait toujours fait, et il continuerait d'appliquer les principes qui lui avaient été inculqués lorsque leurs enfants seraient assez grands pour vivre sans elle.

— À quel âge les enfants n'ont-ils qu'une envie : celle de vivre sans leur mère ? lui demanda Hélène un soir.

Elle avait posé la question avec prudence, mais il avait perçu une nette tension sous son ton policé. Ils étaient étendus sur le tapis devant la cheminée, offrant leurs corps nus à la chaleur du feu, après avoir fait l'amour à deux reprises.

— J'ai été envoyé en pensionnat à l'âge de six ans, dit-il d'une manière un peu abrupte.

Il s'attendait à une réponse ironique, mais aucune ne vint. Hélène se redressa sur un coude et le dévisagea d'un air solennel.

— Six ans ?

Il éprouva le besoin subit de se défendre. Une réaction stupide, car il n'avait pas à se justifier. À l'époque, il était prince héritier, et non un garçon comme les autres. Depuis que les internats existaient, les familles royales y inscrivaient leurs enfants dès leur plus jeune âge.

— Certains de mes condisciples ont commencé plus tôt, répliqua-t-il d'une voix sèche, espérant la dissuader de poursuivre cette conversation.

Pas question de se confier à Hélène. Il ne lui raconterait rien de son enfance qui puisse lui donner une prise sur lui. Certainement pas que, malgré son sentiment étouffant de solitude, il avait souvent hâte de retourner à l'école pour fuir l'atmosphère explosive du palais. Il comptait les jours qui le séparaient de la rentrée. Au moins, au pensionnat, il n'avait pas à se fondre dans le décor pour éviter de se retrouver piégé au cœur des querelles parentales.

Ce secret, il ne l'avait partagé avec personne, et il le partagerait encore moins avec une épouse qui l'avait trahi.

— À mon sens, il ne s'agit pas d'éducation, mais de garderie d'enfants à plein temps, déclara-t-elle d'un ton désapprobateur, les sourcils froncés.

— Cette opinion me surprend, ma chère.

Il se leva et s'approcha de la table de nuit sur laquelle était posé un téléphone ne servant qu'aux communications internes au palais. Il composa le numéro des cuisines pour commander une collation. Il avait soudain une fringale, ce qui sans doute affectait son humeur.

Lorsqu'il se retourna après avoir raccroché, il s'attendait à trouver Hélène enveloppée dans le plaid qu'elle affectionnait tant. Ce n'était pas le cas. La jeune femme était toujours étendue, dans le plus simple appareil et dans une pose qui lui parut lascive, telle Ève incitant Adam à commettre le péché originel.

Pourquoi cette comparaison saugrenue lui était-elle passée par la tête ? Gianluca l'ignorait. Probablement en raison de la rondeur harmonieuse de ses courbes féminines et de ses boucles soyeuses qui recouvraient en partie ses épaules et ses seins nus. Et puis il y avait ces grands yeux bruns pailletés d'or, si expressifs, si attentifs, qu'ils incitaient à la confidence.

Du moins tout autre que lui, qui savait à quoi s'en tenir et ne prêterait jamais allégeance à quiconque !

— Elle m'étonne d'autant plus, dit-il, reprenant le cours de leur discussion, que tu as toi-même été en pension durant de nombreuses années et que tu attribues à l'Institut tout le mérite de l'éducation qui te permet aujourd'hui d'assumer ton devoir de souveraine. J'imaginais que tu voudrais à ton tour, le moment venu, aiguiller tes enfants sur la voie de l'excellence.

Il s'efforçait de se concentrer sur son beau visage, et non sur ce corps voluptueux qui avait le don de mettre sa libido à rude épreuve.

— Mon père ne m'a envoyée au pensionnat qu'après le décès de ma mère qui, avant cela, s'y était toujours opposée.

La voix était calme et posée, mais il ne s'y fiait pas. Cette douceur apparente cachait un tempérament de feu. Il en avait déjà eu quelques aperçus. Ce qui l'amenait à se demander qui était réellement la femme qu'il avait épousée. Un jour prochain, il en aurait le cœur net même si, pour l'heure, il n'avait pas encore réussi à prouver le bien-fondé de ses soupçons.

— J'avais douze ans à l'époque et, crois-moi, j'aurais nettement préféré rester vivre auprès de ma mère.

— Les enfants doivent tôt ou tard quitter le nid. Il n'est pas bon pour leur formation de demeurer trop longtemps dans le cocon familial.

Il y avait une pointe d'agressivité dans sa façon de s'exprimer, il en prit conscience. Comme s'il parlait de son propre cas et non de sa future et hypothétique progéniture. Pourtant, il poursuivit sur le même ton :

— Ton père est considéré comme un membre de la petite noblesse du fait de sa fortune, acquise grâce à des investissements judicieux. C'est pourquoi tu as eu droit à une éducation réservée à l'élite bien que tu ne sois pas issue de la noblesse.

— Je n'ai jamais prétendu que du sang bleu coulait dans mes veines.

Son sourire amusé la rendit plus désirable encore, et Gianluca eut toutes les peines du monde à garder ses distances.

— Tu le savais pertinemment avant de me rencontrer. J'ai été interviewée par chacun de tes conseillers. J'ai eu l'occasion de constater qu'il s'agit de personnes très avisées, extrêmement rigoureuses... et très bien informées. Un tel « détail » n'aurait pas échappé à leur sagacité.

— Ils n'ont fait que leur travail. La lignée revêt une importance fondamentale, car elle détermine la succession au trône. Tu ne peux l'ignorer.

— Dans ce cas, pourquoi m'as-tu choisie, *moi* ?

La question resta en suspens. La réponse s'imposa à Gianluca quand Hélène s'étira avec une grâce féline avant de se relever. Il était incapable de détacher le regard de ce corps splendide qui, à la fois, le bouleversait et éveillait en lui des instincts de fauve.

Cette femme était une tigresse déguisée en agneau et, s'il n'y prenait garde, elle risquait de ne faire de lui qu'une bouchée. Elle enfila avec une nonchalance étudiée le déshabillé en soie que les femmes de chambre laissaient en permanence dans la chambre du roi depuis que la porte de communication entre les appartements royaux n'était plus fermée à double tour. Puis elle s'avança vers lui mais, au lieu de le rejoindre, comme il l'espérait autant qu'il le redoutait, elle s'assit au pied du lit.

— Ne t'est-il jamais venu à l'esprit que, depuis la nuit des temps, la légitimité de cette sacro-sainte lignée est... discutable ?

— Où veux-tu en venir ? demanda-t-il, bien qu'il en ait une petite idée.

— Faute de test de paternité, on ne peut jamais affirmer qu'untel est bien l'enfant légitime du roi. Il y a fort à parier que dans tout arbre généalogique, aussi illustre soit-il, se cachent un ou deux bâtards, ainsi qu'on les appelait au Moyen Âge.

— C'est tout ce que tu as trouvé pour te justifier ? Pour une jeune femme soi-disant chaste, tu me parais fort bien renseignée.

Une fois encore, elle le prit de court en haussant les épaules avec une désinvolture qui frisait l'insolence.

— Seuls les coupables s'ingénient à convaincre de leur innocence. En ce qui me concerne, je n'ai rien à me reprocher et estime ne pas avoir à prouver quoi que ce soit. J'ai ma conscience pour moi. Que tu m'attribues une armée d'amants ne me flatte pas, mais ne m'afflige pas pour autant. C'est plus ton problème que le mien. Cela ne t'étonne pas que les services de renseignement du royaume, pourtant d'une efficacité redoutable à en croire leur réputation, n'aient rien trouvé de répréhensible sur mon compte ?

Son irrévérence aurait pu le faire sortir de ses gonds. Ou il aurait pu plaquer sa bouche contre la sienne pour la réduire au silence... Fort heureusement, le coup rituel frappé à la porte pour l'avertir que son plateau-repas avait été déposé sur le guéridon dans l'entrée l'empêcha d'opter pour la seconde solution.

Quand ils refirent l'amour, ce même soir, il se dit qu'il ne succombait pas encore et encore à la tentation, mais qu'il mettait toutes les chances de son côté pour s'assurer qu'elle tombe enceinte rapidement, de façon que ce supplice cesse.

C'est aussi pourquoi elle s'endormit dans son lit cette nuit-là, ainsi que cela arrivait de plus en plus souvent, bien qu'il se soit juré que cela ne se reproduirait pas.

Aux cours des jours suivants, il consacra une partie non négligeable de son temps à éplucher les rapports d'enquête sur son épouse. Rien, ils ne contenaient pas le moindre indice concluant. Aucune piste méritant d'être explorée. À en croire la reconstitution de son passé, soit il avait affaire à une adversaire redoutable, soit Hélène était bel et bien un modèle de vertu, de sagesse et de transparence. La perle qu'il recherchait depuis dix ans.

Ce qu'il était de plus en plus enclin à penser. Il lui fallait réagir, et sans tarder ! Il avait vu son épouse charmer tous ceux qui l'approchaient, des domestiques du palais aux têtes couronnées et chefs d'État européens. Lui-même n'échappait pas au sortilège, car il avait échoué à garder ses distances, malgré ses bonnes résolutions et sa droiture légendaire. Encore un peu, et il deviendrait le pantin de sa femme, comme son père avant lui.

Un après-midi, il descendit dans les jardins et emprunta à contrecœur un itinéraire qu'il détestait par-dessus tout. Il dépassa les cottages anciens, la chapelle et les fortifications en ruine pour rejoindre les confins du parc. Il arriva enfin devant un manoir discret, situé à côté de vieilles écuries, et qui avait une sortie indépendante donnant sur la campagne environnante. Les gardes postés de part et d'autre du perron se mirent aussitôt au garde-à-vous. En cette froide et morose journée de février, la neige tombait sans discontinuer, et un vent glacial tout droit descendu des montagnes balayait les nuages.

Une météo parfaitement adaptée à une entrevue avec Elettra, songea-t-il, amer.

Sa mère l'accueillit dans le petit salon décoré avec un goût exquis.

— À quoi dois-je ce plaisir exceptionnel, Votre Majesté ?

Elle exécuta une révérence parfaite qui eut le don de l'irriter, car il y vit une provocation à peine déguisée. La suite des propos maternels le lui confirma.

— Lorsque ton secrétaire particulier m'a priée d'annuler tous mes rendez-vous de l'après-midi, je n'en ai pas cru mes oreilles. Le souverain de Fiammetta, en personne, prévoyait d'honorer de son auguste présence mon humble demeure !

Gianluca décida d'ignorer le sarcasme. S'il le pouvait, il ne lui adresserait plus jamais la parole mais, en l'occurrence, il avait besoin de s'entretenir avec elle.

Il jeta un regard circulaire à cette pièce où il n'était entré que très rarement du temps où sa grand-mère avait choisi de s'installer ici. L'ameublement n'avait guère changé. En revanche, la décoration était plus gaie, plus moderne.

Il nota avec un étonnement mêlé de circonspection que la plupart des photos trônant sur la cheminée ne représentaient pas sa mère en compagnie d'une star du showbiz. Elles le représentaient, *lui*. Il y avait même le cliché officiel du mariage, pris à la sortie de la cathédrale et diffusé dans le monde entier, où le couple de jeunes mariés se regardait avec, dans les yeux, un sentiment qu'il préférait ne pas analyser.

— Je ne suis pas venu pour me lancer dans une joute verbale contre vous, mère, déclara-t-il sur un ton formel.

Elettra laissa échapper un soupir de lassitude. Elle prit place dans le fauteuil le plus proche, lui désigna d'un mouvement de la main celui d'en face – geste que Gianluca ignora délibérément –, puis entreprit de servir le thé.

Encore une provocation. Elle sait pertinemment que je n'aime pas ça, songea Gianluca, amer.

— Le thé de l'après-midi n'est pas un rituel originaire de Fiammetta, bien que nous l'ayons adopté, dit-elle d'une voix égale.

Il sentit quelque chose remuer tout au fond de lui, comme

un voile qui se déchire, et un souvenir diffus remonta à la surface. Sans nul doute une affabulation du petit garçon de six ans qui s'endormait en pleurant silencieusement dans cette pension où on l'avait expédié. Un secret qu'il n'avait jamais révélé à quiconque.

À force de le garder pour lui, il avait fini par se persuader qu'il l'avait inventé de toutes pièces. Il s'était convaincu qu'il n'avait aucun souvenir de sa petite enfance, que sa mère ne l'avait jamais assis sur ses genoux pour lui lire un conte, qu'elle ne l'avait jamais pris par la main pour explorer le palais tout en lui racontant des histoires amusantes au sujet de tel ou tel ancêtre...

Elle poursuivit son exposé sur le thé, comme s'il s'agissait d'une question fondamentale.

— Il a été introduit dans le royaume lorsque ton arrière-grand-père paternel a épousé une Anglaise. C'est de cette époque que date l'apparition des salons de thé chez nous. Tu te rappelles ? J'avais l'habitude de t'emmener...

— J'ai toujours détesté le thé, déclara-t-il sur un ton péremptoire.

Imperturbable, Elettra poussa néanmoins une tasse dans sa direction. Décidément, cette femme ne changerait jamais ! Il n'y avait rien de bon à attendre d'elle. Il entra dans le vif du sujet, celui qui avait motivé sa visite dans ce lieu où il ne mettait quasiment jamais les pieds.

— Combien d'amants avez-vous eus durant le temps où vous avez été mariée à mon père ?

Il eut la satisfaction de la voir se figer. Pour autant, elle ne tarda pas à se ressaisir et, avec un calme étudié, reposa sa tasse sur la table basse devant elle. Ensuite seulement, elle leva les yeux vers lui. Son expression était impénétrable, comme toujours.

— Je me demande, murmura-t-elle comme se parlant à elle-même, ce qu'il adviendrait de nous si nous cessions, ne serait-ce qu'une fois, de jouer à ce petit jeu. Si nous cessions de nous affronter à cause de personnes qui ne sont plus là.

Une lueur furtive de tristesse assombrit son regard, ce regard ténébreux dont il avait hérité.

— Je ne suis pas venu me quereller avec vous. Je suis venu chercher des éclaircissements et évaluer la situation. Parce que, parfois, je me demande si je manque d'indulgence envers vous. Alors, je vous repose la question : combien d'amants avez-vous eus durant votre union avec mon père ? Et de combien d'entre eux avez-vous parlé à la presse ?

Elettra redressa les épaules et croisa les mains sur ses genoux. Par sa posture d'une dignité factice et par son mutisme, elle lui signifiait qu'il l'avait de nouveau déçue. Gianluca le comprit, sans qu'un seul mot ait été prononcé, et sa rage intérieure s'amplifia.

Il s'approcha de la cheminée et s'adossa contre le manteau, tournant le dos à ces photos de lui à différentes étapes de sa vie, une mise en scène destinée à tromper les rares visiteurs qu'elle recevait ici.

— Ne vous faites pas prier. Vous étiez beaucoup plus loquace avec la presse, chacune de ces interviews sonnant un peu plus le glas de votre mariage et sapant la confiance du peuple à l'égard de leurs dirigeants. Il ne vous a jamais traversé l'esprit qu'en vous comportant de la sorte vous me condamniez à nettoyer la fange derrière vous ?

— Comme c'est poétique, mon chéri ! Je ne te connaissais pas ce talent.

Elle reprit sa tasse et but une gorgée de thé. Gianluca songea alors qu'il avait perdu la bataille, et ce constat acheva de l'exaspérer.

— Je vous dois des compliments, déclara-t-il en s'inclinant avec une déférence narquoise. Vous réagissez exactement comme je l'avais prévu.

— Tu as toujours démontré un remarquable discernement, mon fils, répliqua-t-elle. Et sans jamais céder au biais de confirmation.

C'en fut trop. Gianluca se dirigea d'un pas décidé vers la porte.

— Vous vous êtes fait passer pour la victime de vos propres crimes, voilà la vérité ! lança-t-il sans se retourner. Merci de m'avoir rappelé pour quelle raison je vous tiens éloignée de tout ce qui compte pour moi.

Dehors, le temps lui parut plus froid, plus gris. Lorsqu'il franchit le seuil, la dernière pique de sa mère l'atteignit de plein fouet.

— De toute façon, le roi de Fiammetta ne peut pas avoir tort. Il détient la science infuse qui se transmet de père en fils.

Gianluca se rendit alors compte que sa victoire avait le goût de la défaite.

8

Hélène était mariée depuis deux mois quand elle reçut de Faith, à une heure très matinale, le message suivant :

Pourquoi faut-il que j'apprenne par voie de presse que tu as rencontré mon chanteur préféré ? Tu sais pourtant que c'est mon IDOLE !

Pour se faire pardonner, elle lui envoya un rapport circonstancié de ses échanges avec le chanteur en question, avant de fabriquer de toutes pièces quelques ragots truculents. Avant, elles aimaient se livrer à ce petit jeu, rivalisant d'imagination pour spéculer au sujet de personnes qu'elles ne croiseraient vraisemblablement jamais sur leur chemin. Pour une raison étrange, au lieu de la divertir, cet exercice la perturba.

Son trouble ne la quitta pas de la journée, qu'elle consacra néanmoins à ses activités quotidiennes. La matinée débutait par des cours, puis se poursuivait avec la supervision des tâches de secrétariat. Il incombait en effet au bureau de la reine de répondre aux invitations à des réceptions, galas de charité ou événements divers et variés reçues au palais. Hélène insistait pour lire toutes les correspondances importantes, puis dictait la réponse appropriée. Elle rédigeait parfois elle-même certains courriers, selon qu'elle connaissait ou non le destinataire.

Ces séances lui fournissaient aussi l'occasion de glaner

discrètement des renseignements sur des sujets qui l'intéressaient, à commencer par le couple de ses beaux-parents, ou sur ce qui occupait la une des journaux du jour, les « intrigues » du palais y figurant souvent. Elle prêtait autant d'attention à ce que racontait son personnel qu'à leurs sous-entendus.

— Ma mère avait coutume de dire qu'aucun homme n'échappe aux épreuves personnelles, qu'il porte une couronne ou un bleu de travail, répondit l'une des femmes à qui elle avait posé une question sur les parents de Gianluca.

— Point de repos pour la tête qui porte la couronne, ajouta une autre avec un air entendu.

Elles n'en dirent pas plus, mais leur silence était aussi éloquent. Aucune des personnes à son service, bien que loyales à la monarchie, ne tenait le roi Alvize en grande estime.

Hélène rangea ces informations complémentaires dans un coin de sa tête, comme autant de pièces du puzzle qu'elle avait entrepris de reconstituer. Tôt ou tard, elle aurait une image complète, ce qui lui fournirait la clé lui permettant de déchiffrer la personnalité de son mari. Chaque jour, elle se rapprochait un peu plus de la vérité, elle en avait la conviction. Une mission de longue haleine qui, pour une raison étrange, lui coûtait davantage depuis une dizaine de jours.

D'ailleurs, elle se sentait si lasse cet après-midi-là qu'au lieu d'aller se promener dans le parc, ce qu'elle faisait désormais chaque jour ou presque, qu'il vente, qu'il pleuve ou qu'il neige, elle décida de se rendre dans la bibliothèque qu'elle affectionnait particulièrement.

Au-dehors, les flocons tombaient dru. Hélène s'assit auprès du feu. Pour une fois, elle ne se sentait pas d'humeur à lire. Pensive, elle contempla les flammes, réfléchissant à la raison pour laquelle son échange de SMS avec sa cousine l'avait tant troublée.

La réponse ne se fit pas attendre.

Sa vie de femme mariée la frustrait, et son avenir lui apparaissait sous un jour de plus en plus austère. Or, l'eût-elle voulu, elle n'avait aucun moyen d'y échapper. Elle était coincée. Aussi n'avait-elle pas le cœur à rire, et les plaisanteries qui auparavant la divertissaient lui semblaient aujourd'hui assez puériles.

Le véritable problème, au fond, ce n'était pas qu'elle s'ennuyait avec son mari mais, au contraire, qu'elle ne savait jamais sur quel pied danser. C'était lui qui dictait la nature de leurs rapports. Un jour, il était distant et poli ; le lendemain, il cherchait le contact, quitte à la provoquer, et donnait libre cours au désir sexuel qu'elle lui inspirait.

Chaque fois qu'il la touchait, c'était différent de la précédente. La volupté la prenait au dépourvu par son intensité, comme si son corps égrenait un répertoire inépuisable de sensations dont lui seul connaissait la richesse.

C'était beau, exaltant… terrifiant.

Et cet ascenseur émotionnel l'épuisait.

Pour autant, elle ne perdait pas espoir. À force de persévérance, peut-être l'amènerait-elle à considérer les choses sous le même angle qu'elle. Peut-être finirait-il par croire en sa bonne foi, et peut-être alors reverrait-elle ce sourire merveilleux dont elle gardait un souvenir ébloui et qui avait disparu après leur nuit de noces, quand tout avait basculé.

Cela fait beaucoup de « peut-être »…

En réalité, ses chances de réussite étaient ténues car, pour construire une vie de couple, il fallait, par définition, être deux.

Hélène s'éveilla un certain temps plus tard, extrêmement surprise de cette sieste inopinée. Il lui arrivait très rarement de s'endormir l'après-midi. Elle n'eut pas le loisir de s'interroger sur la cause de cette fatigue aussi soudaine qu'inhabituelle. Il lui fallait regagner sa chambre et se préparer pour le dîner. Ce soir, ils n'avaient aucun engagement. Ils le partageraient donc tous les deux. Gianluca y tenait particulièrement. Sans doute parce qu'ils se comportaient alors de manière plus civilisée qu'ensuite, dans son lit ou dans le sien, voire dans tout autre endroit des vastes appartements royaux propice à leurs ébats.

Hélène aimait aussi ces soupers en tête à tête. Elle prenait plaisir à imaginer Gianluca en train de l'attendre, plus viril que jamais dans un pantalon décontracté et une chemise légèrement froissée dont il retroussait les manches. Pour sa part, elle optait souvent pour des dessous sexy, un jean et un haut élégant.

De toute façon, quoi qu'il porte, Gianluca avait la prestance d'un roi.

Lorsqu'elle pénétra dans leur salle à manger privée, il se tenait devant la baie vitrée dont les rideaux n'avaient pas été tirés. Elle fut une fois de plus frappée par sa beauté, mais étrangement – sans doute fallait-il y voir les effets de cette sieste prolongée – sa compagnie ne lui procura pas le sentiment de gaieté qu'elle éprouvait d'ordinaire.

Il dut le remarquer car, en milieu de repas, elle s'aperçut qu'il l'observait avec une certaine perplexité.

— Tu es souffrante ?

— Pas que je sache. Pourquoi ?

— Tu n'es pas comme d'habitude.

— J'ignorais que tu y prêtais une telle attention.

Elle s'en voulut aussitôt d'avoir ouvert les hostilités. Contre toute attente, il ne lui décocha pas un regard noir. Au contraire, il lui adressa un sourire amusé et leva son verre de vin dans sa direction.

— C'est de bonne guerre.

Hélène se sentit alors envahie par une profonde mélancolie.

Comment pouvaient-ils se connaître si intimement, s'entendre aussi bien sur le plan sexuel, et le reste du temps rester en permanence sur la défensive, comme deux adversaires qui s'évaluent avant de s'affronter ? Elle n'ignorait rien du corps de cet homme, de la façon dont il réagissait à telle ou telle caresse. En revanche, sa véritable personnalité lui échappait. Il était verrouillé de l'intérieur. Il avait érigé un rempart entre elle et lui, et elle ne parvenait pas à y ouvrir une brèche pour se faufiler de l'autre côté.

Elle avait assemblé la majeure partie du puzzle, mais l'essentiel manquait encore. Il lui avait fallu de la patience et de la persévérance. Ce soir cependant, elle n'avait ni l'une ni l'autre. Ce soir, elle avait envie de brûler les étapes, sans toutefois abattre toutes ses cartes.

— Raconte-moi un souvenir heureux de l'époque où tu étais enfant, demanda-t-elle sans préambule. Il doit bien y en avoir un.

— Ai-je l'air à ce point marqué par les blessures de mon enfance, Hélène ?

Un autre jour, elle n'aurait probablement pas insisté. Elle serait rentrée dans sa coquille et aurait orienté la discussion vers un autre sujet. Aujourd'hui, elle n'en fit rien. Elle se cala contre le dossier de sa chaise, soutint son regard et lui opposa un silence lourd de sens.

Elle connaissait la réponse : oui, il conservait de cette période de sa vie un certain nombre de traumatismes. Elle savait aussi que, si elle formulait son opinion à voix haute, il risquait fort de se lever et de quitter la pièce.

Il émit un ricanement désagréable. Toutefois, il demeura assis en face d'elle, la dévisageant avec insistance, comme s'il essayait de lire en elle. Il n'y parviendrait pas car même elle, ce soir, ne s'expliquait pas ses états d'âme. Elle avait l'impression que ses sensations étaient exacerbées. Ainsi, elle percevait les sonorités de la musique de Vivaldi avec une acuité particulière.

Et puis elle se sentait déprimée. Elle n'avait pourtant pas de quoi. Elle était l'épouse d'un roi beau comme un dieu, résidait dans un palais superbe et dégustait des mets succulents préparés par l'un des meilleurs chefs de toute l'Europe, à en croire son mari.

Alors, qu'est-ce qui clochait ?

— Les affaires d'État accaparaient mon père, ce qui va de soi, déclara Gianluca, se décidant enfin à rompre le silence. Ce sont des précepteurs et des nurses qui s'occupaient de moi. Le soir, une femme venait à la nurserie, m'asseyait sur ses genoux et me lisait une histoire. Ces contes m'entraînaient dans un monde plein de fantaisie... J'imagine que même un jeune prince vivant dans un château a parfois besoin de s'évader.

Immobile, Hélène ne le quittait pas des yeux, de peur qu'il ne s'échappe. Elle prit alors conscience qu'elle retenait son souffle, comme si le moindre mouvement risquait de briser le lien ténu qui commençait à se tisser entre eux.

Pour une fois, Gianluca n'avait pas l'air grave ni offusqué. L'espace d'un instant, elle crut voir le petit garçon qu'il avait dû être, avant qu'on l'expédie dans ce pensionnat à l'âge de six ans, quand il avait encore ce sourire spontané et craquant dont il l'avait gratifiée si rarement.

— Ma mère aussi me lisait des contes.

Elle venait de commettre un impair. Elle s'en rendit compte aussitôt à la crispation de ses traits, puis à la sécheresse de son ton.

— Je n'ai pas dit que c'était ma mère.

— Tu as parlé d'une femme, et je n'ai pas eu l'impression qu'il s'agissait d'une nurse ou d'une préceptrice...

— Tu as lu trop de romans où tout est bien qui finit bien, répliqua-t-il d'une voix brusque. Pour ma part, j'ai abandonné ce genre de littérature longtemps avant d'avoir atteint l'âge adulte. Il n'y a pas de temps à perdre avec ces niaiseries alors que tant de choses du monde réel requièrent ton attention.

— Je suis en total désaccord avec toi, répondit-elle avec un sourire prudent, sentant qu'à cet instant il était particulièrement vulnérable et risquait de se braquer. Je pense que tout être humain a besoin de s'évader par la lecture à un moment ou à un autre. En ne sollicitant pas son imagination, on s'expose à être rattrapé par la monotonie du quotidien.

— Ton quotidien te pèse-t-il à ce point, Hélène ?

Elle perçut une sorte de menace dans sa question. Elle ne s'engagerait pas sur ce terrain miné.

— Ce n'est pas le sujet. J'essayais simplement de dire qu'à mon sens les contes renferment une grande part d'humanité et véhiculent de précieux enseignements.

— Et moi je crois aux récits ancrés dans le réel, déclara-t-il avec une véhémence qui paraissait disproportionnée, comme s'il ne s'agissait pas d'une discussion, mais d'un concours d'éloquence. L'histoire du royaume, par exemple, qui permet à ses sujets de s'unir autour d'un passé collectif, ou ces croyances traditionnelles transmises oralement de génération en génération et qui soudent une communauté. En revanche, je ne vois franchement pas l'intérêt de ces affabulations où les crapauds se transforment en princes, les crustacés poussent la chansonnette et les candélabres se mettent à danser. Dans les temps anciens, les contes se partageaient au coin du feu et étaient empreints d'une profonde moralité. Par la suite, ils ont été détournés de leur objectif originel.

— Pour autant, ils...

Il l'interrompit.

— Désormais, ils ne sont plus que des fictions basées sur un tissu de mensonges. Or, je déteste le mensonge.

— De quelle espèce de mensonge parles-tu ?

Elle avait la sensation de marcher sur des œufs. Pour une fois que Gianluca se livrait un peu, pas question qu'il se referme comme une huître ! Qui sait, peut-être, cet échange lui fournirait-il quelques pièces manquant à son puzzle.

Comme il se contentait de la dévisager de son regard noir, sans répondre, elle se hasarda néanmoins à avancer un pion sur l'échiquier.

— Celle qui tente de me faire croire que le seul souvenir heureux de ton enfance est lié à une personne tierce, payée pour veiller sur le jeune prince héritier ? Toi comme moi, nous savons qu'il n'en est rien.

— Tu es une sorcière, gronda-t-il soudain. Une créature redoutable avec un visage d'ange et un corps de déesse !

Il se leva brusquement, s'approcha d'Hélène et se pencha au-dessus d'elle. Son regard exprimait un profond tourment, comme s'il était écartelé entre deux sentiments contradictoires et qu'une faille s'était ouverte en lui.

Il la souleva de sa chaise et, enfreignant les règles qu'il avait lui-même fixées, il écrasa sa bouche contre la sienne.

Hélène s'attendait à ce que, d'un mouvement de l'avant-bras, il expédie la vaisselle par terre pour libérer de la place sur la table. Mais le roi ne perdait jamais totalement son sang-froid, elle avait déjà eu l'occasion de le constater dans les moments les plus intimes. C'est sans nul doute pourquoi il la souleva dans ses bras, plaqua les mains sous ses fesses pour qu'elle noue les jambes autour de sa taille et la porta à l'autre extrémité de la table, là où il n'y avait ni verres, ni assiettes, ni plats, et où il l'allongea.

Hélène avait l'intuition que leur couple s'apprêtait à

franchir une nouvelle étape. Jamais elle n'avait vu Gianluca s'abandonner à ce point à ses pulsions, comme s'il se mettait vraiment à nu devant elle pour la première fois, comme si, finalement, il avait assez confiance pour lui dévoiler une facette insoupçonnée de sa personnalité, pour lui montrer le fauve tapi sous des dehors policés, fruit d'une éducation extrêmement rigoureuse.

Il n'y avait pourtant aucune brutalité dans ses gestes, juste beaucoup d'impatience. Cette nouvelle façon de faire l'amour était si érotique qu'Hélène sentit son désir s'embraser. Sans cesser de l'embrasser, il lui ôta son jean, mais pas son sous-vêtement en dentelle, puis il glissa les doigts sous son pull qu'il remonta, ainsi que le soutien-gorge, au-dessus de ses seins.

Alors seulement il interrompit leur baiser, avant de happer une pointe hérissée, puis l'autre, entre ses lèvres, les torturant tour à tour. Hélène ne put retenir un gémissement tandis que des ondes électriques lui labouraient le ventre. Une chaude humidité inonda le triangle de dentelle qui masquait encore sa nudité.

Elle posa les talons sur le bord de la table et se cambra. Alors il s'agenouilla devant elle et enfouit le visage entre ses cuisses. Elle posa les mains sur sa tête pour le retenir tandis que, du bout de la langue, il s'attardait sur le petit bouton de chair tendre, avant de s'aventurer à l'intérieur.

Quand la jouissance la saisit, elle s'arc-bouta et émit une longue plainte. Perdue dans les limbes de la volupté, elle ne se rendit pas compte qu'il s'était relevé.

Il ne prit pas la peine de se déshabiller, se contentant d'ouvrir sa braguette pour libérer son membre dressé. Elle emprisonna ses hanches entre ses jambes et l'attira à elle. Avant de la pénétrer, il plaqua les mains sur ses épaules. Lorsqu'il s'enfonça en elle, Hélène ressentit une étrange plénitude à l'idée qu'il la possédait. C'était comme si cet acte scellait leur appartenance mutuelle, au-delà de leurs différences, comme s'il gommait leurs divergences et les malentendus qui les séparaient.

Le désir revint, plus puissant encore, et le plaisir s'intensifia à mesure qu'il allait et venait en elle, de plus en plus vite, de plus en plus fort. Il se répandit dans tout son corps, et elle cessa de guetter sa progression lorsque l'orgasme la catapulta haut, très haut, au septième ciel. Avant qu'elle perde complètement pied, elle entendit son râle presque plaintif alors qu'il la rejoignait au sommet de l'extase.

Combien de temps restèrent-ils ainsi, Gianluca à moitié couché sur elle ? Hélène n'aurait su le dire. Tandis que les battements de son cœur se calmaient peu à peu, elle n'osait bouger, de crainte de rompre la magie de ce moment d'abandon, de communion.

— Ton souci, lui murmura-t-elle enfin à l'oreille, c'est que tout au fond de toi tu me crois. Tu m'as toujours crue.

Il demeura immobile, mais elle sentit sous ses paumes les muscles de ses épaules se raidir. Quand il se redressa et se retira, elle scruta son visage, dans l'espoir d'y déceler un signe indiquant qu'il avait définitivement tourné la page et qu'un nouveau chapitre, basé sur la confiance, s'ouvrait. Mais elle ne vit rien de tel, juste une expression neutre, indéchiffrable.

— J'aimerais pouvoir te croire, déclara-t-il d'une voix grave. J'aimerais aussi pouvoir croire aux contes que me lisait ma mère.

Il réajusta son pantalon et lissa sa chemise froissée par leurs ébats, avant d'ajouter :

— Mais cela m'est impossible.

Sur ces mots qui sonnaient comme le glas de leur histoire, il se détourna et quitta la pièce.

Un peu sonnée, Hélène se releva puis, avec des gestes précautionneux, comme si elle craignait de se blesser plus qu'elle ne l'était déjà, elle rabattit son soutien-gorge et son pull, et enfila son jean.

Cet homme avait le don de souffler le chaud et le froid, suscitant chez elle des émotions contradictoires qui se télescopaient et l'empêchaient de prendre le recul nécessaire pour réfléchir sainement à sa situation. Deux pas en avant, trois pas en arrière : c'était l'impression que lui donnait sa relation avec Gianluca, et c'était épuisant.

Elle remit de l'ordre sur la table afin d'éviter que les domestiques devinent ce qui venait de se passer, puis regagna discrètement sa chambre où elle s'enferma à double tour. Pas question que quiconque la surprenne dans cet état.

Après une longue douche chaude, elle grimpa dans son immense lit à baldaquin et se pelotonna sous la couette, espérant que le sommeil ne tarderait pas l'emporter loin de ce palais trop vaste, chassant le froid intérieur qui l'avait envahie. Il n'en fut rien, et elle resta longtemps ainsi, les yeux obstinément fermés à ressasser les événements de la soirée.

Le lendemain matin, Hélène fut réveillée par le signal lui annonçant la réception d'un SMS. C'était un message de Faith qui, comme chaque mois, se plaignait de ses douleurs menstruelles. Par une coïncidence extraordinaire, leurs règles se produisaient presque au même moment, et les deux cousines, n'ayant guère de secrets l'une pour l'autre, avaient l'habitude d'en parler ensemble. Cet échange était d'autant plus précieux pour Hélène, qui avait perdu sa mère très jeune et n'avait personne de confiance pour discuter d'un sujet aussi intime.

Elle commençait à taper sa réponse quand, soudain, elle suspendit son geste. Elle se redressa d'un bond et, malgré une nuit agitée, elle se sentit gagnée par une énergie nouvelle. Elle consulta avec fébrilité le calendrier sur son téléphone portable. Elle effectua un rapide calcul, puis recompta les jours pour s'assurer qu'elle ne se trompait pas.

Alors elle sut avec une certitude absolue.

Elle comprit pourquoi elle manquait de tonus depuis quelque temps et se fatiguait au moindre effort, pourquoi elle avait tant de mal à maîtriser son contrôle émotionnel, pourquoi elle avait souvent les nerfs à fleur de peau...

Cela faisait maintenant deux mois qu'elle vivait ici et avait eu des rapports sexuels répétés sans jamais prendre de précautions. Tout bien réfléchi, elle n'avait pas eu ses règles depuis environ deux semaines avant son mariage.

Telle était la réalité. Les chiffres ne trichaient pas.

Instinctivement, elle posa les mains sur son ventre. Elle avait bien noté que sa taille s'était légèrement arrondie ces derniers temps, mais elle avait mis cela sur le compte de la bonne chère et du manque d'exercice physique à cause de la météo hivernale.

Jamais elle n'avait envisagé la possibilité d'une grossesse. Car il fallait bien se rendre à l'évidence : elle était enceinte.

Enceinte.

Soudain, un déclic se produisit dans son cerveau, et tout parut se mettre en place. Son esprit devint plus clairvoyant, et une sorte de sérénité l'envahit.

Elle sut alors avec une certitude absolue que jamais cet enfant ne grandirait dans les mêmes conditions que son père. Pas question de l'expédier dans un pensionnat dès l'âge de six ans, même s'il était appelé à succéder à Gianluca sur le trône de Fiammetta. Pas question non plus qu'il assiste au naufrage du couple de ses parents, qu'il s'agisse d'une froide indifférence ou d'une hostilité à peine voilée.

Hélène avait toujours aimé et respecté sa mère. En revanche, elle n'avait pas l'intention de lui ressembler. Au début, elle s'y était efforcée, mais elle avait vite compris qu'elle n'y parviendrait pas sans y perdre son âme. Par ailleurs, quel exemple donnerait-elle à ses enfants si elle acceptait de se soumettre à l'égoïsme, voire à la cruauté de l'autre ? Celui de la lâcheté ou, tout au moins, de la faiblesse.

Elle refusait également que son couple finisse comme celui de ses beaux-parents. Elle n'élèverait pas un enfant qui, une fois adulte, feindrait de ne pas se rappeler qu'elle lui lisait des histoires le soir. Ses enfants ne recevraient pas une éducation similaire à celles de leur père et de leur mère.

Gianluca avait raison : un sang nettement moins aristocratique que le sien coulait dans ses veines. Sa famille avait dû se battre, génération après génération, pour se tailler une place parmi l'élite.

Et elle, Hélène Archibald San Felice, souveraine de Fiammetta, était résolue à suivre les traces de ses ancêtres. Elle allait se battre pour son bonheur et, surtout, celui de sa descendance.

À compter d'aujourd'hui.

9

Au début, Gianluca songea qu'Hélène éprouvait une certaine gêne après cette soirée où ils avaient fait l'amour à la sauvage, sur la table de la salle à manger, au milieu des reliefs du dîner.

Tout comme lui.

Ou peut-être estimait-elle qu'il lui avait manqué de respect ?

Pour sa part, il préférait ne pas trop se remémorer comment la situation avait presque échappé à leur contrôle, et encore moins en analyser les raisons.

En apparence, leurs rapports n'avaient pas changé. Ils cultivaient l'image d'un couple harmonieux lors des innombrables réceptions officielles auxquelles leurs obligations royales les contraignaient à se rendre. Ni l'un ni l'autre n'étaient du genre à se soustraire à leurs responsabilités. Il avait beau ne pas lui faire confiance, il reconnaissait qu'Hélène était irréprochable sur ce chapitre.

Est-ce vraiment ainsi que se comporterait une traîtresse ? lui susurrait parfois une petite voix intérieure.

Une voix qu'il refusait d'écouter.

Ce soir encore, ils assistaient à un gala de charité. Et Gianluca, qui se targuait pourtant de savoir tout ce qui se passait en son nom ou en celui des œuvres caritatives parrainées par la Couronne, avait complètement oublié l'objet de cet événement.

Il commençait à se demander s'il n'acceptait pas trop d'engagements, tout ça afin de prouver à son peuple qu'il était un bien meilleur roi que son père, que son règne serait celui des valeurs morales et non des scandales.

Or, il lui paraissait plus simple de mener cette mission lorsqu'il était encore célibataire, avant d'avoir rencontré Hélène.

Car, qu'il s'estime trahi ou non, il aurait nettement préféré une soirée en tête à tête avec elle. Il aimait sa compagnie. Même quand elle lui racontait des anecdotes amusantes sur l'Institut, présentant sa scolarité là-bas comme une aventure extraordinaire, alors que chacun savait que le règlement intérieur de cet établissement était particulièrement strict. Même quand elle décrivait avec enthousiasme ses vacances dans le château familial en Provence, faisant presque passer son père psychorigide et d'une ambition maladive pour un gai luron.

Il avait plaisir aussi à débattre de sujets sérieux, surtout quand elle ne partageait pas son avis et défendait son point de vue avec beaucoup de diplomatie, tentant de le faire adhérer à sa vision et non à la lui imposer. Elle s'y prenait avec une telle finesse que, parfois, elle avait failli atteindre son objectif.

Voilà pourquoi il se méfiait d'autant plus d'elle. Durant toute son enfance, son père lui avait répété que les femmes cachaient bien leur jeu. À force de l'entendre dire, il avait fini par se laisser convaincre. En partie du moins. Comment aurait-il pu ne pas croire cette figure paternelle qui gouvernait un royaume et martelait cette vérité incontestable lors de ses accès de rage ?

Ce souvenir le dérangea et, avec une aisance dictée par une longue habitude, il le mit de côté.

Les femmes sont douées pour le mensonge.

Finalement, l'ange qu'il pensait avoir épousé n'avait

pas dérogé à la règle. Leur nuit de noces l'avait amplement démontré. Une nuit torride... Mais il aurait tellement préféré avoir affaire à une oie blanche ! Le cas échéant, il n'aurait pas eu à se surveiller autant en sa présence. Ni à s'autocensurer et à refréner son addiction pour elle.

Car, oui, il admettait en son for intérieur que son attirance tournait à l'obsession et nuisait à sa capacité de concentration. Quand ils étaient séparés, il ne pouvait s'empêcher de penser à elle, de se demander ce qu'elle faisait, et quand ils étaient ensemble il devait veiller en permanence à ne pas se laisser submerger par ses émotions. Un exercice très éprouvant pour quelqu'un d'aussi rationnel que lui.

Ce soir, ses obligations lui pesaient particulièrement. Il n'avait qu'une envie : rentrer au palais et se retrouver seul avec Hélène. Au lieu de quoi, il avait dû se prêter aux habituelles séances photo, aux côtés de patrons de grands groupes internationaux.

Il parcourut l'assemblée du regard et repéra aussitôt son épouse. Même dans une foule d'aristocrates arborant des bijoux étincelants et des tenues hors de prix, elle se distinguait. Elle resplendissait plus que les joyaux les plus précieux.

Elle le captivait au point qu'il n'avait d'yeux que pour elle et ne prêta pas attention tout d'abord à la femme avec laquelle elle s'entretenait. Cependant, lorsqu'il fixa enfin le regard sur elle, il ressentit une sorte de frisson comme s'il venait d'apercevoir un fantôme.

Pas de doute, Hélène était lancée dans une conversation manifestement passionnante avec Lady Lorenza en personne, le premier amour sulfureux du roi Alvize !

Son sang ne fit qu'un tour. Gianluca fendit la foule, qui s'écartait sur son passage sans qu'il le remarque vraiment. Il fallait qu'il mette un terme sur-le-champ à cet échange.

Tandis qu'il s'avançait vers elles, il songea que son épouse était la seule personne au monde capable de lui donner le sentiment d'être un idiot.

Il avait toujours plus ou moins l'impression qu'elle le manœuvrait, ce qui dépassait son entendement. Le rapport de force aurait dû être inverse. Après tout, il dirigeait un royaume, et un sang de la plus haute noblesse coulait dans ses veines, alors qu'elle n'était qu'une jeune fille de bonne famille, éduquée pour épouser un homme riche dont elle contribuerait à perpétuer la lignée. Il se remémora alors son commentaire séditieux à propos de la légitimité ou non de la descendance et s'empressa de chasser cette pensée.

Hélène cherchait-elle à le provoquer ou ne pensait-elle pas à mal ? Après tout, Lady Lorenza menait une vie irréprochable depuis sa lointaine liaison avec le roi. Un peu plus tôt dans la soirée, Gianluca avait aperçu de loin son fils qui, malgré les spéculations de la presse people, ne présentait aucune ressemblance avec Alvize. Et il pouvait paraître totalement naturel que la reine de Fiammetta s'entretienne avec l'une des aristocrates les plus titrées du royaume.

Toutefois, Gianluca avait la conviction que cette conversation n'était pas fortuite. Hélène n'était pas aussi naïve qu'elle s'évertuait à le faire croire. Par ailleurs, même s'il avait mal interprété sa nuit de noces – hypothèse hautement improbable –, l'Institut était connu pour former certes des épouses parfaites, mais aussi des femmes redoutables.

Raison pour laquelle il avait rendu une visite impromptue à Hélène au château de son père, en Provence.

Ce qui ne t'a pas empêché de te laisser flouer, songea-t-il, amer.

Comme il approchait des deux femmes, il se rendit compte que Lady Lorenza l'avait aperçu et, en la voyant lever la main pour interrompre Hélène, il put constater qu'il ne s'était pas fourvoyé sur la teneur de leur entretien.

Lorsque son épouse se tourna vers lui, il s'attendait à lire de la culpabilité sur son visage. Or, le regard de la jeune femme était surtout interrogatif, et cela déplut à Gianluca.

Il se retint d'exprimer sa désapprobation en public, se contentant de glisser un bras sous celui de la reine et de s'incliner devant Lady Lorenza qui le salua, comme il se doit, par une révérence.

— C'est un plaisir de vous voir, comme toujours, déclara-t-il d'un ton froid qui démentait ses propos.

— C'est un honneur, Votre Majesté, répondit-elle avec les manières parfaites qui la caractérisaient.

Cet échange hypocrite de courtoisies l'agaçait au plus haut point, mais n'était-ce pas lui qui l'avait initié ? Par ailleurs, il n'y avait rien à reprocher à Lady Lorenza. À l'époque de sa liaison avec Alvize, le roi n'était pas encore marié, et elle non plus. En revanche, Gianluca savait que chaque minute passée en sa présence risquait de raviver les vieilles rumeurs qu'il préférait savoir mortes et enterrées.

Soudain, un souvenir étrange surgit dans sa mémoire. Il avait alors dix-sept ans et se trouvait à une réception très semblable à celle-ci. Il y avait croisé Lorenza et avait conversé avec elle. De quoi avaient-ils parlé ? Sans doute de rien d'important car il ne se le rappelait plus.

Ce dont il se souvenait, en revanche, c'était le titre du tabloïde le plus lu, dès le lendemain :

« Tel père, tel fils ! »

Gianluca s'en serait moqué et aurait balayé cette absurdité d'un revers de main, si son père n'était pas entré dans une rage folle. Il préférait ne pas se remémorer cet épisode, ce que son père avait dit, ce qu'il avait fait ou, pire encore, ce qu'il avait menacé de faire.

Toujours est-il que Gianluca évitait Lady Lorenza dans la mesure du possible, bien qu'une décennie se soit écoulée depuis le décès de son père.

Il s'excusa et entraîna Hélène avec lui.

— C'était impoli, murmura celle-ci assez bas pour que lui seul l'entende. Nous étions en train de discuter.

— Je ne vois pas ce que vous pouvez avoir à vous dire.

— S'agissant de Lady Lorenza, tout ce dont parlent les gens, c'est de ton père. Savais-tu qu'en réalité elle est une femme très intéressante ?

— J'imagine mal que tu m'apprennes quoi que ce soit sur son compte. En revanche, sache pour ta gouverne que je ne veux pas aborder ce sujet. Ni aujourd'hui ni aucun autre jour.

Hélène poursuivit néanmoins comme si elle n'avait pas entendu sa mise en garde.

— Après sa rupture avec ton père, elle a repris des études. Elle est titulaire de nombreux diplômes d'anthropologie, et partage désormais son temps entre des sites de fouilles archéologiques et l'université de Fiammetta où elle effectue des recherches et enseigne. Son fils a suivi ses traces. Il dispense des cours dans un autre établissement universitaire et collabore parfois avec sa mère pour certains travaux. Quant à sa fille, elle est agrégée de littérature. C'est une famille d'érudits, et le père ne fait pas exception à la règle. Il a tout paraît-il du savant fou et a de nombreuses inventions à son palmarès.

Impossible pour Gianluca de s'arrêter net en plein milieu de la salle pour mettre un terme à cette biographie qui l'horripilait. Cela aurait donné du grain à moudre aux amateurs de ragots. Il décida donc d'entraîner Hélène sur la terrasse, où des braseros avaient été allumés pour lutter contre le froid hivernal. À leur arrivée, les fumeurs s'éloignèrent discrètement pour les laisser seuls.

Gianluca espérait que cette scène passerait pour romantique auprès des invités qui ne manquaient pas de les observer depuis l'intérieur. Par mesure de précaution, il tourna le dos aux baies vitrées, sa haute stature dissimulant Hélène.

— Pour quelle raison étrange imagines-tu que les détails de la vie personnelle de cette femme m'intéressent ? lança-t-il d'une voix sourde. Lady Lorenza n'est pas une personne que je souhaite te voir fréquenter. Cela n'a pas pu t'échapper.

— Elle n'a pourtant rien à se reprocher, répliqua Hélène avec une véhémence qui le surprit. Sais-tu seulement pourquoi elle a rompu avec ton père ?

Gianluca ne comprenait pas pourquoi elle s'entêtait à poursuivre sur ce sujet alors qu'il lui avait clairement signifié qu'il ne voulait pas en parler.

— Elle a toujours prétendu détester se trouver sous les feux de la rampe, répondit-il à contrecœur.

— La pression médiatique a forcément influé sur sa décision. Les paparazzis violent l'intimité des gens, racontent n'importe quoi sur eux, et il n'existe aucun recours.

Hélène eut soudain l'air indignée.

— Pas plus tard qu'hier j'ai lu un article complètement farfelu sur nous deux. Il prétend que tu loges une maîtresse quelque part dans le parc du palais et que tu lui rends visite en secret, juste sous mon nez. D'après lui, tu es le digne fils de ton père, et je suis tout à la fois prude et angélique, comme s'ils avaient du mal à choisir le qualificatif qui me définisse le mieux.

Gianluca ne se donna pas la peine de cacher son mécontentement.

— Tu ne devrais pas lire ce genre de torchons ! Ce n'est pas pour rien que la presse people est interdite au palais.

— Au cas où tu l'aurais oublié, Gianluca, il existe une autre source d'information que les magazines : on l'appelle Internet.

Et elle se paye ma tête par-dessus le marché ! Sa désinvolture n'a-t-elle donc aucune limite ?

— Quoi qu'il en soit, ajouta-t-elle comme si de rien n'était, ce n'est pas la raison principale de la rupture de Lady Lorenza avec ton père.

Gianluca avait la sensation désagréable de n'avoir aucune prise sur les événements, ou plus exactement sur cette conversation. Or, ce sentiment d'impuissance ne lui était pas familier, à lui qui, la veille encore, avait réussi à résoudre de façon diplomatique un problème épineux susceptible d'entraîner des répercussions graves pour la nation.

Dans tous les domaines, il se targuait de contrôler la situation. Il restait maître de son destin et, si nécessaire, manœuvrait avec finesse pour parvenir à ses fins.

Dans tous les domaines, sauf un : celui relatif à ses relations avec son épouse. Et pourtant, ce n'était pas faute d'avoir essayé au cours des deux derniers mois. Il se sentait démuni et idiot... une fois de plus.

Il n'avait jamais rien éprouvé de tel avant que cette femme entre dans sa vie et souhaitait que cela cesse. Hélène en avait-elle conscience ou, au contraire, ne se rendait-elle pas compte de l'effet qu'elle produisait sur lui ? Il l'ignorait. Toujours est-il que son mutisme ne sembla pas la décourager.

— Lady Lorenza m'a expliqué qu'à bien des égards ton père était charmant.

Un signal d'alarme retentit dans le cerveau de Gianluca l'avertissant qu'il n'aimerait pas ce qu'elle s'apprêtait à dire, voire qu'une grenade – qu'elle avait l'art de dégoupiller avec une désinvolture suspecte – n'allait pas tarder à exploser. Il voulait lui intimer de se taire, mais il craignait que cela ne passe pour une marque de faiblesse ou, pire encore, qu'elle ignore l'avertissement.

D'autant que son ravissant visage affichait maintenant une profonde compassion.

— Néanmoins, il était aussi capable de se mettre en colère pour des broutilles et devenait alors très mesquin, voire vindicatif. D'après elle, il avait mauvais caractère.

Gianluca n'avait pas envie d'en entendre davantage. Il découvrait avec effroi que, contrairement à ce qu'il croyait, les accès de fureur du roi Alvize n'avaient pas été réservés qu'au cercle familial proche. Si d'autres, en dehors de Lorenza, connaissaient cette facette détestable de sa personnalité, alors le personnage public n'était qu'une image factice à laquelle chacun s'efforçait d'adhérer pour sauver la face de la famille royale.

Il passa la main dans ses cheveux, espérant que ce geste ne trahirait pas son agitation intérieure.

— Et tu estimes que je suis la meilleure personne à qui rapporter ce genre de médisance ? Alors qu'elles proviennent d'une femme rejetée par le roi…

— Quel intérêt aurait-elle à mentir ?

Cela aurait été différent si Hélène avait eu un ton provocateur ou moralisateur. Elle ne semblait au contraire peut-être pas triste mais désolée pour lui. Gianluca n'ayant encore jamais été confronté à ce genre d'attitude à son égard, il ne savait comment se comporter et il resta figé, les bras ballants, avec une sensation de malaise qui ressemblait au signe annonciateur d'une crise cardiaque.

Décidément, cette femme finirait par lui ruiner la santé !

— Si elle avait voulu profiter de sa « notoriété », elle l'aurait fait il y a longtemps, dans la foulée de sa liaison avec ton père, tu ne crois pas ? Elle aurait pu sans problème monnayer ses informations. D'après ce qu'elle m'a expliqué, les amateurs de scoops se pressaient devant sa porte jour et nuit, n'hésitant pas à harceler ses parents et ses amis. Quelques anecdotes bien croustillantes sur ses rapports avec le roi Alvize lui auraient rapporté de l'argent durant des années. Au lieu de quoi, elle n'a rien dit. Et, pour toute récompense de son silence, elle a été accusée d'entretenir une relation triangulaire malsaine avec le couple royal, ce qui n'a jamais été le cas.

— Pourquoi sommes-nous plantés là dans le froid à ressasser de l'histoire ancienne ? J'en ai subi les conséquences, Hélène, et crois-moi je n'ai pas besoin qu'on me rappelle cette affaire.

— Tu ne parles jamais beaucoup de ton père. Curieusement, Lady Lorenza ne le souhaitait pas non plus. En revanche, sais-tu ce qu'elle m'a confié ?

— Non, répondit-il, se reprochant aussitôt d'avoir réagi trop vite.

Il aurait mieux fait de couper court à cette conversation qui ne menait nulle part. Cependant, il était presque fasciné par le naturel avec lequel la jeune femme paraissait parfois ne tenir aucun compte de ses avis ou de ses demandes, tout en lui offrant son plus ravissant sourire. Il n'y avait qu'elle pour oser se comporter ainsi avec le souverain de Fiammetta.

— Avec une sincérité qui faisait trembler sa voix, elle a comparé sa relation avec ton père à un tourbillon. D'une telle intensité qu'elle en était étourdie et avait du mal à faire la part des choses. Elle n'a jamais réussi à déterminer si elle l'aimait vraiment ou si elle s'était laissé convaincre par la passion qu'il lui témoignait. D'autant qu'elle avait affaire au souverain !

— Tu serais surprise de constater à quel point, de nos jours, peu de jeunes femmes sont impressionnées par le statut de monarque. C'est le fléau de la modernité.

Elle accusa réception de son message avec un sourire amusé, mais n'en poursuivit pas moins sa « démonstration ».

— Après sa rupture avec le roi Alvize, elle a éprouvé un profond soulagement, et ce malgré les ragots colportés par la presse people sur son compte. Ensuite, elle a fait la connaissance de son mari, auquel elle avait été promise toute jeune, mais qu'elle n'avait pas encore rencontré en tant qu'adulte. Un coup de foudre réciproque dès le premier regard et, depuis, ils filent le parfait amour.

— As-tu lu cette histoire dans l'un de tes livres de contes de fées ?

— Une chose est sûre : je ne l'ai pas lue dans les tabloïdes qui se sont ingéniés à dresser un portrait sulfureux de cette femme. À la présenter comme un bourreau alors qu'en réalité elle était la victime. Victime de l'obsession amoureuse de ton père.

Gianluca en avait assez de ce tissu d'inepties, et sa patience commençait à atteindre ses limites.

— Mon père n'avait pas le temps de s'amuser à ce petit jeu, Hélène. Si tu veux fouiner dans le passé des gens, je te suggère de choisir avec discernement tes sources d'information.

La jeune femme ne parut pas s'offusquer de la sécheresse de son ton.

— Il n'en avait pas besoin, la presse people s'en chargeait pour lui. D'ailleurs, regarde, il est décédé depuis dix ans, et tu adhères toujours à cette version erronée de la réalité.

Stop !

En sa qualité de souverain de Fiammetta, Gianluca ne pouvait se permettre d'exprimer à voix haute son irritation. Aussi, pour mettre un terme à cette conversation qui n'avait ni queue ni tête, il prit son épouse par le bras et l'entraîna à l'intérieur avant que ce long aparté suscite trop la curiosité.

Deux heures plus tard, comme ils se trouvaient dans la limousine les reconduisant au palais, il ne pouvait s'empêcher de penser au nombre de fois où ils s'étaient rapprochés l'un de l'autre et avaient fait l'amour, d'une manière ou d'une autre, sur la banquette en cuir, impatients de redécouvrir le corps dissimulé sous la tenue d'apparat.

Ce soir, cela ne se produirait pas. Il avait l'esprit ailleurs, occupé à décortiquer ce qu'Hélène lui avait raconté au sujet de son père.

Lorsqu'ils furent rentrés, elle se dirigea directement vers ses appartements. Il ne tenta pas de la retenir. Au lieu de gagner sa chambre, il se rendit dans son cabinet de travail privé et se planta devant le cadre ornant l'un des murs.

Célèbre, cette photo avait circulé dans le monde entier. Elle représentait le jeune et fringant roi Alvize en train de jouer avec son fils dans les jardins du palais, lors d'un après-midi d'été. La reine Elettra était assise à l'arrière-plan. Offrant son visage aux rayons du soleil, elle riait.

L'image même du bonheur familial. Du moins, c'était ainsi qu'elle avait été unanimement interprétée. En réalité, tout cela n'était qu'un mensonge. Un mensonge pathétique auquel lui-même s'était raccroché durant tant d'années.

Il n'avait que cinq ans à l'époque, mais il se rappelait parfaitement cet après-midi-là, bien qu'il s'autorise rarement à s'aventurer sur ce terrain. Il ne se remémorait pas précisément la manière dont s'étaient déroulés les événements, mais il se souvenait que sa mère avait flirté avec le photographe ou, tout au moins, qu'Alvize l'avait ensuite accusée d'avoir flirté avec le photographe. Il se rappelait aussi combien il était tendu et s'efforçait de satisfaire les exigences paternelles, faute de quoi ce serait sur lui que s'abattrait la colère de son père.

Malgré son jeune âge, il avait déjà appris à se méfier.

Et ce n'était qu'aujourd'hui, après une soirée toujours aussi déstabilisante en compagnie de son épouse, que Gianluca s'interrogeait enfin. Il se demandait si la raison pour laquelle il avait tenu à afficher cette photo dans une pièce qu'il fréquentait quotidiennement était bel et bien la nostalgie d'une époque révolue, comme beaucoup se plaisaient à le croire, et comme lui-même s'en était convaincu.

N'était-ce pas plutôt l'espoir qu'à force de voir ce cliché il finirait par occulter ce qui s'était réellement passé entre les personnes y figurant et par le regarder avec les mêmes yeux que les autres ?

Une famille épanouie. Un moment de partage. Une luminosité qui faisait oublier la morosité de l'hiver. Pas de pluie, pas de neige. Pas la moindre ombre au tableau.

Une plainte étouffée s'échappa de sa gorge nouée.

Obéissant à une impulsion, il se dirigea presque comme un automate vers le couloir qui reliait les appartements d'Hélène aux siens. Trop de portes fermées, trop de distance entre elle et lui...

Il ne se reconnaissait plus. C'était comme si la contemplation de cette maudite photo avait rouvert une plaie enfouie au plus profond de son être et qu'il allait rejoindre la seule personne capable de lui offrir un moment d'oubli. Jamais encore il n'avait agi avec impulsivité. Son éducation et son cadre familial l'avaient formé à étouffer toute spontanéité, à ne pas laisser les émotions dicter son comportement.

Il trouva Hélène assise devant sa coiffeuse. Elle avait défait son chignon et se brossait les cheveux. Il savait que, dans la mesure du possible, elle préférait se passer de l'aide de ses femmes de chambre, notamment à l'heure du coucher.

En le voyant apparaître dans le reflet du miroir, elle eut l'air surprise, presque inquiète.

— Gianluca...

— Tu en as dit assez pour ce soir, *mia regina*, l'interrompit-il d'une voix rauque.

Elle se retourna et leva le visage vers lui. Alors, il s'agenouilla devant elle et la pressa contre lui, heureux de sentir la chaleur de son corps, puis il l'embrassa avec fougue.

Il ne voulait plus penser à rien. Il voulait se perdre en elle, cesser de réfléchir aux raisons qui l'avaient poussé à garder toutes ces choses en lui, à les reléguer dans les oubliettes de sa mémoire, toutes ces vérités si lourdes à porter qu'il avait verrouillées au fond de lui...

Comment Hélène avait-elle réussi à trouver la clé ?

Sur ce point aussi, il refusait de s'interroger.

Elle ne protesta pas quand il la souleva dans ses bras et la porta jusqu'à son lit. Ils se dévêtirent mutuellement, sans prononcer un mot, leurs regards soudés l'un à l'autre.

Leurs caresses furent voluptueuses et, quand Hélène cria une première fois de plaisir, il s'introduisit en elle afin de lui en donner plus encore et de jouir avec elle, en elle.

Avant que l'extase atteigne son paroxysme et le transporte ailleurs, il songea que jamais il ne pourrait se lasser de cette femme, ni se rassasier de son corps.

Leur orgasme fut si fort qu'il leur fallut du temps pour revenir à la réalité. Leurs vêtements gisaient en tas sur le sol, les draps étaient froissés, et un oreiller était tombé par terre au cours de leurs ébats. Ce spectacle rendit Gianluca étonnamment heureux.

Il se pencha au-dessus de sa ravissante épouse aux cheveux

ébouriffés et aux joues rosies par ses baisers. Elle lui sourit, et les paillettes dorées dans ses yeux s'illuminèrent.

— Aurais-tu une autre histoire croustillante à partager avec moi ? Des potins de tabloïdes, peut-être ?

Elle éclata d'un rire joyeux.

Quelques jours plus tard, Gianluca en arriva à la conclusion qu'il avait enfin compris comment gérer sa femme. Plus il lui faisait l'amour, moins elle avait tendance à chercher à le pousser dans ses derniers retranchements. Une technique qui n'était pas pour lui déplaire...

Et, même si l'humour provocateur de son épouse lui manquait un peu, il ne l'aurait admis pour rien au monde. Parce qu'une relation apaisée était la garantie d'un mariage réussi et que, somme toute, il commençait à se sentir bien dans son couple.

Un soir, après un entretien en petit comité avec quelques dignitaires du royaume en qui il avait toute confiance, au sujet d'une affaire délicate qui nécessitait beaucoup de doigté, Gianluca s'empressa de rejoindre les appartements de la reine. La réunion s'était terminée plus tôt qu'il ne le pensait, et il avait hâte de retrouver Hélène.

Depuis quelque temps, lui, qui se voulait un modèle de dévouement à l'égard de la Couronne et ne se dérobait à aucune de ses obligations, fussent-elles fastidieuses et chronophages, se surprenait à s'impatienter quand ses devoirs le tenaient trop longtemps éloigné de son épouse.

Cependant, il ne la trouva pas chez elle. Il gagna alors sa propre chambre, persuadé qu'elle l'attendait dans son lit. Elle n'y était pas non plus.

Il rebroussa donc chemin jusqu'au vestibule qui desservait leurs appartements privés et à l'entrée duquel deux gardes étaient postés vingt-quatre heures sur vingt-quatre pour assurer la sécurité du couple royal.

— Je cherche Sa Majesté la reine.

Stupéfait, il vit les deux hommes se consulter du regard sans daigner lui répondre immédiatement. Un tel manque de respect l'agaça au plus haut point.

— Peut-être me suis-je mal fait comprendre, déclara-t-il d'un ton autoritaire. J'exige de savoir où est la reine !

— Je vous présente nos plus humbles excuses, Votre Majesté, dit alors le plus âgé des deux. Son Altesse nous a expressément stipulé de ne divulguer aucune information sur ses allées et venues.

Sentant la moutarde lui monter au nez, Gianluca se contenta néanmoins de froncer les sourcils. S'il devait expliquer à ces abrutis que son autorité prévalait sur celle de sa femme, il était sans doute temps pour lui d'abdiquer.

Il lui suffit toutefois de les toiser du regard une seconde pour qu'ils craquent et lui confessent la vérité.

Après quoi, Gianluca sortit en trombe du palais puis, sans même sentir la morsure du froid hivernal, il traversa le parc au pas de charge jusqu'au manoir de la reine mère. Il interdit aux gardes de l'annoncer et pénétra silencieusement à l'intérieur. Là, il suivit la direction des deux voix qui lui étaient si familières, ce qui le conduisit au petit salon où sa mère avait manifestement coutume de recevoir, avec toutes ces photos sur la cheminée destinées à cultiver l'image factice d'une mère aimante.

Il surprit Elettra et Hélène assises côte à côte sur le sofa. Bien qu'il soit minuit passé, sa mère était vêtue de façon assez formelle, ce qui prouvait que cette visite avait été planifiée. Son sang ne fit qu'un tour. Hélène l'avait de nouveau trahi. Il avait baissé sa garde, et elle en avait profité pour lui planter un couteau entre les omoplates.

— Bon sang, s'exclama-t-il laissant éclater sa colère, à quoi rime tout ce cirque ?

Prises en flagrant délit, les deux femmes sursautèrent. Sa mère fut la première à se ressaisir, et une lueur de défi brilla dans ses yeux. Pas étonnant de sa part !

Il dévisagea alors Hélène, s'attendant à ce que le joli minois de sa dissimulatrice d'épouse trahisse une profonde culpabilité.

Il n'en fut rien. Au contraire, passé la surprise initiale, son regard refléta une certaine sérénité mêlée de soulagement.

— À ton avis ? J'ai décidé qu'il était grand temps pour moi de faire plus ample connaissance avec ma belle-mère.

10

D'un geste instinctif, Hélène prit la main d'Elettra dans la sienne. Elle sentit alors que la reine mère tremblait. Elle gardait les yeux rivés sur son mari. L'homme le plus têtu qu'elle ait jamais rencontré, et elle savait de quoi elle parlait : son père était aussi une sacrée référence en la matière !

— Et avant que tu m'expliques que je n'ai pas à discuter avec ma belle-mère, ajouta-t-elle parce qu'elle devinait à la noirceur du regard de Gianluca l'orage qui commençait à gronder en lui, je te prierai de ne pas t'en mêler. Il m'appartient de décider seule de ce genre de choses. Pas à toi.

— Quand donc comprendras-tu ? répliqua-t-il sur un ton d'une douceur qui évoquait le calme avant la tempête. Ici, je peux agir exactement comme je l'entends. Fiammetta est *mon* royaume. Je suis né pour le gouverner, et ma parole a force de loi. Il me suffit de lever le petit doigt pour te le prouver.

— Sois cruel avec moi, mais pas avec elle, déclara alors Elettra en plaçant le bras autour des épaules d'Hélène comme pour mieux la protéger. Ne te transforme pas en brute. N'a-t-il pas déjà fait assez de mal comme ça ?

Hélène fut extrêmement touchée par l'intervention de la reine mère. Elle lui avait rendu une première visite peu après avoir découvert qu'elle était enceinte.

— Ma chère enfant, lui avait dit sa belle-mère à cette occasion, vous ne connaissez pas très bien mon fils si vous pensez réussir à obtenir ses bonnes grâces par mon intermédiaire.

Hélène avait alors fait une parfaite révérence.

— C'est auprès de vous que je viens trouver grâce, Votre Altesse. Certes, je souhaiterais vivement que nous devenions proches, mais ma démarche est aussi motivée par une raison d'une importance primordiale.

— Dans ce cas, appelons-nous par nos prénoms, voulez-vous ?

Et les deux femmes avaient partagé le thé de l'après-midi, collation dont Hélène raffolait.

— L'établissement où j'ai effectué ma scolarité ne plaisantait pas avec ce rituel, avait-elle raconté à la mère de Gianluca. Il se trouve en Suisse, et la directrice était on ne peut plus allemande, mais elle affirmait que cette tradition anglaise avait souvent permis de mettre de l'huile dans les rouages dans le cadre d'affaires délicates à négocier en apportant une touche de savoir-vivre féminin au processus.

— Ce n'est pas pour rien que les Britanniques ont su conserver leur empire si longtemps, avait ajouté Elettra.

Hélène s'était gardée de tout commentaire critique sur le colonialisme, et le reste de leur entrevue s'était déroulé dans une ambiance détendue et amicale, à grand renfort de Darjeeling et de petits fours.

Lorsque Hélène s'était levée pour prendre congé, sa belle-mère lui avait demandé en examinant le fond de sa tasse comme si la réponse s'y trouvait :

— Croyez-vous rendre mon fils heureux ?

Puis elle avait levé les yeux et lui avait adressé un sourire teinté de tristesse.

— Non pas que je pense qu'il soit particulièrement doué

pour le bonheur. Mais peut-être avez-vous réussi à le convaincre qu'il pourrait l'être.

— Je l'ignore, avait répondu Hélène en toute honnêteté.

Par la suite, elles s'étaient revues à deux reprises. Deux visites très agréables au cours desquelles elles avaient appris à mieux se connaître et s'étaient découvert de nombreux centres d'intérêt communs, le principal étant Gianluca. À l'issue du troisième entretien, Hélène avait décidé qu'elle parlerait à son mari... à un moment qu'elle jugerait opportun.

Elle n'avait pas prévu que Gianluca ferait irruption chez sa mère ce soir, mais elle s'en réjouissait, malgré l'humeur de dogue qu'il affichait. De toute façon, la situation n'avait que trop duré. Il était temps de crever l'abcès.

— Je vous interdis d'évoquer mon père, madame, déclara Gianluca en fusillant Elettra du regard.

Indignée, Hélène ne réfléchit pas. Elle se leva d'un bond et se planta devant son époux. Et tant pis s'il n'appréciait pas son intervention.

— C'est à ta mère que tu t'adresses ! Comment peux-tu l'avoir oublié à ce point ?

Il s'avança vers elle, menaçant. Toutefois, elle n'éprouva aucune peur. Elle savait qu'il n'avait rien de commun avec son père. Il n'était ni dur ni froid, ainsi qu'il s'efforçait trop souvent de le laisser paraître. Sinon, comment aurait-il pu être aussi fougueux dans l'intimité ?

Son intuition lui soufflait qu'elle connaissait mieux cet homme que quiconque, y compris sa mère. Cet homme, c'était son amant, celui qui s'imaginait toujours qu'elle l'avait trompé au sujet de sa virginité, mais qui la contemplait parfois avec de la tendresse quand elle feignait de dormir.

Ou peut-être prenait-elle ses désirs pour des réalités ?

Peut-être avait-elle *besoin* d'y croire pour son propre équilibre, et maintenant aussi pour le bien-être de son bébé.

— Comment pourrais-je l'oublier ! rétorqua-t-il avec une ironie cinglante. Rassure-toi, Hélène, j'ai une excellente mémoire. Je me rappelle parfaitement ses trahisons répétées, les scandales qui ont éclaboussé la famille et la Couronne, la désinvolture avec laquelle elle a traité son rôle et bafoué les valeurs qui me sont chères. Quant à toi, je te déconseille vivement de te mêler de ce qui ne te regarde pas.

Hélène accusa le coup, mais ne capitula pas pour autant. Derrière l'agressivité et l'arrogance de Gianluca, elle devinait une détresse, une blessure profondes. Elle imaginait le petit garçon qui avait cru à ce que lui racontait son père.

— S'il y a un sujet qui me regarde, c'est bien celui-là.

— Je m'occuperai de toi plus tard. Pour l'heure, ma mère et moi devons confronter nos souvenirs.

Elettra se leva et vint se placer en face de son fils.

Hélène songea alors qu'elle ferait mieux de battre en retraite, du moins momentanément, pour revenir à la charge à un moment plus propice, de se réfugier derrière un silence prudent et d'utiliser la douceur comme une arme.

Elle avait toujours été assez douée pour cela. Cependant, la donne avait changé. Désormais, elle portait un enfant dans son ventre. Quelle sorte de mère serait-elle si elle n'était pas capable de lutter pour offrir à ce petit être la vie qu'il méritait ?

Et à quoi servirait la magie des instants passés dans les bras de son époux si tout le reste était corrompu ?

Il y a quelques jours encore, elle avait l'intention de ne pas brusquer Gianluca, de l'amener petit à petit, à force de persévérance, à comprendre qu'il s'était trompé sur son compte, qu'elle ne lui avait pas menti. Mais désormais le temps pressait, et il lui fallait adopter une stratégie différente.

Elle avait la certitude que ce changement commencerait à s'opérer ici, dans ce manoir isolé au fond du parc où une femme considérée elle aussi comme une traîtresse avait attendu tant d'années que sa réputation soit enfin lavée.

— Sais-tu ce que j'ai demandé à ta maman ?

Gianluca eut un rire amer.

— Rien que d'y penser, j'en ai froid dans le dos !

— Elle m'a posé une question que personne n'a pensé à me poser. Et pour une fois j'ai senti que je pouvais répondre avec sincérité.

— Je ne comprends pas où vous voulez en venir ! tonna Gianluca, laissant sa colère déborder. Cela ne vous suffit pas que je vous aie permis de vivre ici, dans un lieu discret où vous n'êtes pas exposée aux conséquences de vos mensonges éhontés ? Que voulez-vous de plus, bon sang ?

Hélène décida d'intervenir de nouveau.

— J'ai demandé à ta mère si elle avait vraiment trompé son mari, dit-elle, consciente que ces mots prononcés d'une voix calme frapperaient Gianluca plus durement qu'un uppercut.

Et ce fut le cas.

L'espace d'un bref instant, elle fut tentée de faire machine arrière. Mais c'était maintenant ou jamais, elle en avait la conviction. Cet électrochoc était nécessaire. L'enjeu, c'était une vie meilleure pour chacune des personnes présentes dans cette pièce et pour ce bébé qu'elle portait. Encore fallait-il qu'elle réussisse à convaincre Gianluca.

— Elle ne m'a pas demandé pourquoi, ni comment. Elle m'a juste interrogée pour savoir si c'était vrai ou non. Cela m'a bouleversée. En trente ans, personne à ma connaissance n'a douté de ma culpabilité.

— Parce que vous l'êtes, *coupable*, gronda-t-il.

— Et si le mensonge initial émanait de quelqu'un d'autre ?

suggéra Hélène. Je n'arrivais pas à me sortir de la tête ma conversation avec Lady Lorenza. Les choses qu'elle ne voulait manifestement pas dire au sujet du caractère de ton père, combien sa vie actuelle semblait l'épanouir, loin des caméras. Alors, j'ai commencé à réfléchir à la façon dont les mensonges déforment tout...

— Tu en connais un rayon sur le sujet !

Malgré l'agressivité de la remarque, le ton avait changé. Il exprimait davantage de douleur que de colère.

Bien que blessée par le propos, Hélène jugea préférable de passer outre.

— Imagine une très jolie jeune fille qui épouse un homme extrêmement puissant. Il est plus âgé qu'elle, il maîtrise tout d'une main de fer et il ne tarde pas à lui faire clairement comprendre qu'il tient à la contrôler elle aussi. Comme si elle était un trophée, un objet qui lui appartenait et qu'il avait le droit d'utiliser comme bon lui semblait.

Gianluca se passa les mains sur le visage.

— S'agit-il encore d'un de tes contes de fées pour enfants ? Et vous, mère, pensez-vous vraiment que je vais gober cette version ?

— Le propre de la presse people, poursuivit Hélène sans se départir de son calme et avant qu'Elettra s'insurge, c'est qu'elle gagne de l'argent grâce aux scandales. Les couples heureux qui filent le parfait amour ne l'intéressent pas. Ce qu'elle veut, ce sont des drames avec, si possible, des détails choquants. À ton avis, pourquoi s'est-elle ingéniée à mêler systématiquement Lady Lorenza aux histoires du roi Alvize et de son mariage ? À moins, bien sûr, qu'un informateur beaucoup mieux placé qu'une ex-petite amie cherchant à fuir les feux des projecteurs ne l'ait renseignée.

— Où veux-tu en venir ?

Il en avait certainement une petite idée, mais elle poursuivit son raisonnement.

— Supposons que Lorenza soit moins le grand amour de ton père que l'unique femme qui ait osé le défier en le rejetant. N'aurait-il pas souhaité se venger ? C'est la deuxième question que j'ai posée à ta mère.

Hélène se tourna vers Elettra pour lui céder la parole. Celle-ci déglutit péniblement.

— Un soir, ton père était d'une humeur particulièrement massacrante. Tu te souviens dans quel état il se mettait dans ces cas-là, n'est-ce pas ?

Le mutisme crispé de Gianluca en dit plus long qu'un assentiment.

— La raison, cette fois-là, était due à l'annonce par Lorenza de sa grossesse. Alvize ne décolérait pas. Il fulminait et faisait les cent pas comme un lion en cage. J'avais vingt ans, j'étais enceinte. J'attendais son héritier et j'en avais plus qu'assez qu'il me rebatte sans cesse les oreilles avec sa Lorenza. J'ai alors suggéré qu'il était jaloux et qu'il ferait mieux de tourner la page, car Lorenza n'aurait pu lui signifier plus clairement que, de son côté, elle avait tiré un trait définitif sur leur histoire.

Le soupir de Gianluca confirma à Hélène qu'elle avait vu juste.

— J'avais commis une erreur monumentale, reprit Elettra, et cette nuit-là il ne m'a pas épargnée. Mais j'étais jeune et révoltée par son attitude. Il m'avait blessée et, dans ma grande naïveté, je pensais pouvoir lui rendre la pareille.

Il y avait beaucoup de dignité et de courage dans la façon dont la reine mère se mettait à nu devant son fils, malgré l'hostilité qu'il lui manifestait depuis des années.

— Je me suis dit qu'il manquait peut-être dans notre couple

un peu de concurrence. Que si Alvize comprenait qu'il risquait de me perdre, il me traiterait avec davantage de respect.

Hélène retenait sa respiration. Gianluca grommela quelque chose entre ses dents.

— Ta grand-mère était encore de ce monde à l'époque. Nous n'étions pas très proches, mais elle m'avait dit peu de temps après le mariage qu'elle ne connaissait aucun homme que la compétition ne stimule pas. Aussi, un jour qu'Alvize fulminait au sujet de Lorenza et prétendait, une fois de plus, qu'elle avait épousé son mari par dépit, que c'était de notoriété publique, je lui ai demandé s'il s'intéresserait autant à moi qu'à elle si je décidais de rompre avec lui ou, comme c'est plus courant dans les familles royales, de mener ma vie de mon côté.

— Vous ne lui avez pas dit ça ! souffla Gianluca, visiblement stupéfait.

Elettra soutint son regard.

— Si, c'est exactement ce que je lui ai dit.

— C'était très... imprudent de votre part, murmura-t-il d'une voix étranglée.

— Tu ne t'es jamais étonné qu'un homme aussi orgueilleux et colérique que ton père subisse les incartades répétées de son épouse sans chercher à y mettre un terme, qu'il endure une telle humiliation publique ? Les représailles ne se sont pas fait attendre. Le soir même, il m'a quasiment assommée d'un revers de main, et le surlendemain l'histoire de ma première liaison extraconjugale s'étalait dans les journaux.

Gianluca parut se désintégrer.

— Il vous a frappée ? Alors que vous portiez son enfant ?

Elettra hocha lentement la tête.

— Ensuite, mon cher fils, il tenait l'instrument de sa vengeance. Il l'utilisait à sa guise. Quand j'osais me défendre ou que j'exprimais un avis qui lui déplaisait. Quand mon comportement – ou le tien – lui avait déplu... Tous les prétextes lui étaient bons pour m'inventer un nouvel amant. Il est même allé jusqu'à suggérer que le fils de Lorenza était aussi le sien et que Lorenza faisait partie d'une relation à trois, qui n'existait que dans sa tête. Détruire notre couple ne lui suffisait pas, je suis sûre qu'il espérait briser aussi celui de son ex-petite amie.

Gianluca semblait s'être perdu quelque part dans le passé. Hélène posa la main sur son avant-bras sans obtenir la moindre réaction de sa part.

— Tu n'as pas à te reprocher de l'avoir cru, lui dit-elle avec véhémence. Tu ne pouvais pas savoir. Il était ton père, il était le roi et, d'après le peu que j'ai entendu sur son compte, il était très autoritaire.

— Il savait également se montrer si charmant en public, ajouta Elettra, que personne n'aurait pu soupçonner qu'en privé il se transformait en bourreau. Il m'a maltraitée et il s'est mal conduit avec toi aussi. Je l'ai enduré parce qu'il ne t'aurait jamais laissé partir. Alors je suis restée. Et puis il est mort, et je suis restée, même si tu ne supportais pas ma présence. Je n'étais pas capable de m'éloigner trop de toi... et je ne le suis toujours pas.

Hélène vit les émotions défiler dans le regard ténébreux de Gianluca. Le choc tout d'abord, puis tour à tour de la vulnérabilité, de l'angoisse et un certain désespoir.

Soudain, il parut émerger d'un long cauchemar. Il redressa les épaules, et son visage se ferma.

— Non, déclara-t-il sur un ton sans appel. Tout cela n'est qu'un tissu de mensonges. Vous ne m'entraînerez pas dans ce bourbier qu'est votre vie. Vous avez assez abusé de mon hospitalité, madame. Votre séjour ici touche à sa fin.

Elettra sembla se tasser.

— Tel père, tel fils, murmura-t-elle, comme se parlant à elle-même.

Gianluca la toisa, puis saisit Hélène par le bras et l'entraîna vers la sortie. Elle ne lui opposa aucune résistance. Elle devinait le combat qui se livrait en lui. Toutes ses certitudes sur sa famille venaient probablement de s'écrouler ou, tout du moins, étaient sérieusement ébranlées. Sans doute réalisait-il qu'il avait été manipulé par la jalousie mesquine et le machiavélisme d'un père qu'il avait pris pour un géant mais qui, en fait, n'était qu'un nain sur un trône trop grand pour lui.

Hélène attendit d'être au cœur du parc et à l'abri des oreilles indiscrètes pour relancer la discussion et aller jusqu'au fond des choses. Une telle occasion ne se représenterait pas de sitôt.

— Il est surprenant que tu prétendes être allergique aux mensonges.

— Tandis que toi, manifestement, ils t'attirent.

Hélène stoppa net, et il fit volte-face. Il avait perdu l'attitude policée et le sang-froid qu'il affichait en toute circonstance, sauf durant leurs ébats. Il semblait avoir du mal à contrôler ses émotions. Ses yeux brillaient d'un éclat inhabituel, et les traits de son visage étaient crispés.

Cela aurait dû l'effrayer, mais il n'en était rien. Même dans cet état et même ici, dans cet endroit isolé de tout et en pleine nuit, Gianluca ne lui inspirait aucune peur.

Cela ne signifiait pas qu'il n'était pas capable de lui briser le cœur, qu'il ne l'avait pas déjà fait ou qu'il ne le referait pas. Toutefois, elle continuait d'avoir confiance en lui.

Elettra ne pouvait en dire autant du roi qu'elle avait épousé.

— Pourquoi es-tu si sûr que je t'ai menti au sujet de ma virginité ? Quel indice t'a aiguillé sur cette voie lors de notre nuit de noces ? Mais peut-être t'a-t-on inculqué depuis ta plus tendre enfance que les femmes sont des menteuses ?

— Il ne s'agit pas de ce qu'on m'a appris ou non durant ma jeunesse, Hélène, mais plutôt d'une déduction logique. Il suffit que je te frôle pour que tu vibres littéralement. Quelle vierge réagirait ainsi au quart de tour ?

Elle ne baissa pas la tête ni ne détourna les yeux. Ce soir, elle en avait assez d'user de stratégie, assez d'attendre le moment propice. De la patience, elle n'en avait plus guère, et le temps pressait. Après tout, il était question de *sa* vie et du monde dans lequel naîtrait leur bébé, même si Gianluca ignorait encore qu'il allait devenir père.

— Une vierge qui est tombée amoureuse au premier regard. Pas parce que tu gouvernes un royaume. Tu aurais été le jardinier que c'eût été pareil. J'ai levé les yeux, tu étais là, et tout a changé pour moi. Je vibre dès que tu me touches, car un lien charnel spécial nous unit. Ose le nier ! Et ce lien nous attire l'un vers l'autre comme un aimant.

Il leva la main pour l'interrompre. Cependant, elle poursuivit sur sa lancée.

— Je n'ai jamais touché un autre homme que toi, déclara-t-elle d'un ton aussi solennel que lorsqu'elle s'était engagée devant l'autel. Je ne m'intéresse à aucun autre que toi. Certes, je ne peux le prouver, tout comme ta pauvre mère et Lady Lorenza n'ont pu prouver qu'elles étaient les victimes des plans machiavéliques du roi Alvize. En ton âme et conscience, Gianluca, je suis certaine que tu le sais.

Il poussa un grognement et se détourna. Toutefois, il ne s'éloigna que d'un ou deux pas. Quand il parla de nouveau, il avait une voix rauque et un ton menaçant.

— Tu es un élément perturbateur, Hélène, et ta présence dans ce palais risque de semer la pagaille. Je ne le permettrai pas. Dès demain matin, tu rejoindras sous bonne escorte le château de ma grand-mère. Tu mettras à profit ta solitude pour méditer et tu ne reviendras que lorsque tu seras dans de meilleures dispositions d'esprit.

— Non.

Sa propre détermination la surprit. L'Institut les avait formées à ne jamais s'opposer frontalement, à louvoyer, à sourire et agir en coulisses, à user de la docilité comme d'une arme. Tout le contraire de son caractère honnête et spontané.

Ce mot lui avait certes échappé, mais elle ne le regrettait pas.

En cet instant précis, elle se fit le serment de ne plus se montrer docile, de ne plus accepter qu'on lui ordonne de se taire. Le temps de la soumission était révolu.

— Non ? répéta Gianluca, stupéfait. Je ne me rappelle pas avoir sollicité ton autorisation.

Manifestement, il n'avait pas l'habitude qu'on lui oppose un refus, et il ne semblait guère apprécier l'obstination de sa femme. Hélène se dit qu'il était grand temps de lui apprendre la nouvelle. Elle choisit aussi de ne pas y aller par quatre chemins. Elle avait tenté la méthode douce, et la situation n'avait pas progressé d'un pouce. Finie la diplomatie. Il avait besoin d'un nouvel électrochoc, il l'aurait !

— Je suis enceinte, Gianluca... De toi, précisa-t-elle. À toi de décider quel genre de père tu souhaites être pour notre enfant et si tu veux qu'il ou elle grandisse entre des parents qui se respectent ou qui s'ignorent, voire se déchirent.

Comme il restait cloué sur place, littéralement abasourdi, elle se planta devant lui et plongea le regard dans le sien.

— Et ce, dès maintenant.

11

Elle n'aurait pu lui asséner un coup plus violent.

Gianluca avait l'impression d'être K-O debout. Cette fois, cela allait bien au-delà du trouble profond qu'il ressentait souvent en sa présence. Cette fois, c'était comme si tout s'effondrait autour de lui et qu'il n'avait plus aucun repère auquel se raccrocher. Comme si son univers avait basculé et que rien ne serait plus jamais pareil.

Il l'entendait respirer fort, ou peut-être était-ce le bruit de sa propre respiration, laborieuse, qu'il percevait à travers le bourdonnement dans ses oreilles. Pourtant, il lui semblait que l'oxygène avait déserté ses poumons et que son cœur, dont le martèlement résonnait à ses tympans, n'allait pas tarder à exploser.

Il brûlait d'envie de l'attirer contre lui et de la serrer fort dans ses bras. De tomber à genoux devant elle et de poser les mains sur ce ventre qui n'avait plus de secrets pour lui, du moins le pensait-il jusqu'à présent. Il avait envie de lui dire qu'il n'avait pas l'intention d'être le genre de père qu'avait été le sien...

Mais, en même temps, il s'en sentait incapable. Devait-il en conclure qu'il était en passe de devenir exactement comme Alvize ?

Rien que d'envisager cette hypothèse, il en avait la nausée. Car ce soir, alors que les nuages masquaient la lune par intermittence, il ne pouvait plus feindre de croire que son père était une victime innocente. Il lui fallait admettre qu'il avait passé la majeure partie de sa vie d'adulte à occulter les souvenirs qui l'encombraient et l'empêchaient d'avancer.

Alvize avait été froid et distant, brutal lors de ses accès de fureur. En présence de tierces personnes, il se montrait agréable, souriant et d'un esprit vif. Il avait à cœur de séduire. Il se comportait comme un roi, un mari attentionné et un père aimant, mais cela ne durait jamais longtemps.

Gianluca avait vite compris qu'il était vain d'espérer une métamorphose définitive. Les crises de colère se répétaient inexorablement. Alors, il avait appris à se rendre invisible. Il avait cessé d'espérer. Sa scolarité en internat, puis ses études à l'étranger lui avaient permis de s'échapper, et quand il était rentré définitivement il avait consacré tout son temps à se préparer pour le jour où il régnerait. Il était devenu un parangon de vertu, le modèle qu'il aurait tant souhaité que son père soit pour lui. Il s'était juré d'oublier ce petit garçon terrifié qui se cachait dans sa chambre, de ne plus jamais être une victime.

Victime, il l'avait certes été, mais sa mère plus encore. Pourtant, elle n'était jamais partie, ne s'était jamais dérobée. Ce qu'il avait pris si longtemps pour de l'indifférence, voire du mépris, était en réalité de la dignité, une façon de se protéger et de le protéger, lui.

À présent, il réalisait qu'il ne s'était jamais intéressé à la véritable personnalité de sa mère, trop obnubilé par celle, explosive, de son père.

Il se sentit soudain submergé par la honte. Et le regard d'Hélène qui avait perdu un peu de sa sérénité habituelle mais ne le jugeait pas accentuait le malaise qu'il éprouvait. Car la jeune femme savait exactement ce qu'il ressentait et le tumulte intérieur que générait sa prise de conscience si tardive. Il l'aurait parié.

Elle était son épouse, sa reine… et la mère de son enfant.

Cet enfant dont il lui avait affirmé qu'il le traiterait de la même manière qu'il avait été traité lui-même. Il mesurait maintenant l'énormité de cette déclaration dictée par ce qu'il qualifiait alors de sens du devoir, mais qui était surtout de l'aveuglement. Les événements lui avaient ouvert les yeux, lui avaient remémoré le jeune garçon qui souffrait de sa séparation d'avec sa mère.

Les jambes flageolantes, il recula d'un pas, puis d'un autre.

— Hélène, lâcha-t-il d'une voix rocailleuse, *mia regina*, je doute que tu comprennes…

Il s'interrompit, et elle s'approcha, comme si elle était sûre qu'il ne la repousserait pas. Elle avait pourtant de quoi douter ; depuis le début de leur relation, il la tenait à distance.

Il songea au courage qu'il avait fallu à Hélène pour lui avouer ses sentiments, courage que lui-même n'avait pas eu. Il se rappelait cette scène dans le jardin rempli du parfum de la lavande et du bourdonnement des abeilles, en Provence, où ils s'étaient regardés et où tout avait changé.

Il n'avait pas su intégrer dans sa vie très organisée et sérieuse de monarque un tel chamboulement, un déferlement d'émotions aussi intenses.

— Je devais veiller à ce que tu restes à ta place.

À peine avait-il prononcé péniblement cette phrase qu'il se rendit compte qu'elle risquait d'être mal interprétée.

— Ce n'est pas ce que je voulais dire, ajouta-t-il vivement.

— Dans ce cas, dis-moi ce que tu veux dire, répondit-elle calmement.

Gianluca poussa un long soupir dans l'espoir de desserrer l'étau qui lui comprimait la poitrine.

— Mon père, que je voulais à tout prix considérer comme un homme bien, m'a convoqué dans la salle du trône pour m'expliquer comment fonctionne le monde. J'avais dix ans. Avec le recul, je ne pense pas qu'il avait subitement été saisi d'une envie pressante d'éduquer son fils unique. Je crois plutôt qu'il souhaitait me dresser un peu plus contre ma mère.

Il ne lui échappa pas que le mot *mère* ne lui venait pas spontanément. Et pour cause ! Il avait soigneusement évité de l'utiliser durant tant d'années.

Le visage levé vers lui, Hélène l'écoutait attentivement, et les paillettes dorées dans ses yeux semblaient briller plus fort que la lune.

— Il m'a déclaré que tout homme, a fortiori un roi, devait compartimenter sa vie pour ne pas se laisser polluer. Dans l'espoir vain de lui plaire, je m'y suis efforcé. Après sa mort, Elettra ayant une attitude de plus en plus incohérente…

Il s'interrompit de nouveau.

Avait-elle réellement eu un comportement imprévisible ou était-ce ainsi qu'il avait voulu le considérer ? Il y a quelques heures encore, il ne se serait même pas posé la question. À présent, il songeait qu'il avait probablement été terriblement injuste envers elle. Il décida de se concentrer sur la femme qui se tenait devant lui, celle qui portait son enfant.

— J'étais certain de parvenir à te gérer. Je me suis dit que notre attirance mutuelle n'était que… la cerise sur le gâteau. Or ce n'était pas du tout ça.

Hélène se contenta d'acquiescer d'un signe de tête.

— Puis il y a eu notre nuit de noces, et la situation m'a dépassé. J'imaginais que cet aspect aussi de notre vie de couple n'échapperait pas à mon contrôle. J'avais besoin de toujours tout maîtriser et, face à mon incapacité à le faire cette nuit-là, j'ai eu peur. Alors, je t'ai accusée d'avoir trahi ma confiance. C'était tellement plus facile de t'incriminer. Sinon, comment expliquer qu'entre nous les choses aient été aussi...

Le qualificatif approprié lui manquait.

— Magiques, compléta Hélène.

— Oui, magiques. Au lieu de t'avouer que je redoutais d'être tombé amoureux de toi, sachant que le piètre exemple de mes parents m'avait vacciné contre les tourments du cœur – du moins le croyais-je encore à ce moment-là –, j'ai choisi de t'humilier. J'ai agi exactement comme mon père, qui n'a jamais aimé personne : ni Lady Lorenza, ni son épouse, ni même son fils.

— En revanche, ta mère, elle, n'a jamais cessé de t'aimer, murmura Hélène, et ce malgré ton hostilité manifeste à son encontre.

Une plaie ancienne se rouvrit, et il sentit quelque chose craquer au plus profond de son être.

— Oui, admit-il dans un souffle.

Il avait honte de la peine qu'il avait infligée à Elettra. Pourrait-il, un jour, se racheter ? Il en doutait.

— Il ne faut pas négliger la force et la persévérance de l'amour maternel. Ma mère m'a toujours protégée. Tu as rencontré mon père et tu as pu constater à quel point il manque d'empathie. Après le décès de ma mère, j'ai subi en direct son humeur revêche et son caractère psychorigide. Un parent qui n'aime pas son enfant, ou qui s'aime lui-même beaucoup plus, ne laisse passer aucune imperfection. Chaque faux pas, ou considéré comme tel, fait figure d'infamie. J'ai appris à devenir lisse afin de ne lui offrir aucune prise.

— C'est comme si nous avions été élevés par le même homme.

Il avait la gorge affreusement nouée.

— Je t'envie cependant d'avoir pu profiter de ta mère. Moi je n'ai pas eu cette chance. Mon père a veillé à nous séparer très tôt en m'envoyant dans un pensionnat d'élite où j'entendais néanmoins des rumeurs au sujet de ses supposées frasques.

— Quant au mien, il m'a vendue.

À cet instant, la voix d'Hélène se brisa, et des larmes se mirent à rouler sur son beau visage. Il ne l'avait encore jamais vue pleurer, et cela acheva de le bouleverser.

— Dé... Désolée, balbutia-t-elle.

Le cœur serré, Gianluca se remémora le jour où il l'avait demandée en mariage. Il était arrivé au château en Provence en grande pompe, escorté de la garde royale et de ses plus proches conseillers. Ils avaient négocié avec Herbert Archibald les dernières clauses du contrat de mariage. Toutes portaient sur des aspects financiers, et aucune sur le bien-être ou le bonheur de sa fille. Puis, comme pour n'importe quelle transaction commerciale, les documents avaient été signés par les deux parties, en l'absence de l'intéressée bien qu'elle soit majeure.

Ensuite, ils avaient tous pris place autour de la table de la salle à manger pour un déjeuner horriblement long et formel durant lequel Hélène n'avait quasiment rien avalé et où Herbert avait fanfaronné. Au dessert, Gianluca s'était levé et, inclinant la tête, avait déclaré qu'il serait ravi si elle consentait à devenir la reine de Fiammetta.

Il emprisonna ses mains dans les siennes et planta le regard dans le sien.

— Pardon, *mia regina*, je te crois.

En réalité, celui des deux qui avait menti, c'était lui. Une fois encore, il s'était réfugié dans le déni.

— En fait, je pense que j'ai toujours su que tu ne m'avais pas dupé, même si je m'efforçais de me persuader du contraire. Par quel miracle pouvais-tu exceller en tout, y compris au lit ? Je n'arrivais pas à intégrer le fait qu'une jeune fille sans expérience prenne et donne autant de plaisir. Par ailleurs, tu as beau être très futée, Hélène, si tu avais eu quoi que ce soit à te reprocher, l'enquête l'aurait révélé. J'avais missionné l'un de mes plus fins limiers pour passer ta vie au crible.

Elle lui adressa un sourire ironique.

— Pragmatique en toute circonstance, Votre Majesté !

Quelque chose dans sa poitrine se contracta douloureusement. L'espace d'un instant, il songea aux prémices d'une crise cardiaque, puis il éclata de rire. Un rire puissant, libérateur, qui le surprit autant qu'elle.

— Je l'avoue.

Il l'attira dans ses bras.

— Notre histoire commence maintenant, déclara-t-il avec une solennité qu'en d'autres circonstances il aurait jugée ridicule. J'ai agi comme le pire des imbéciles, tout d'abord en ne te demandant pas ta main comme tu étais en droit de l'attendre. Alors, laisse-moi être parfaitement sincère avec toi, Hélène. Depuis que je t'ai rencontrée, je ne suis plus le même. Pour moi, le coup de foudre était une fiction destinée à faire battre le cœur des midinettes. Maintenant, je sais qu'il existe. Avant, je t'aurais dit que j'ignorais ce que pouvait être l'amour, mais tu m'en as fourni une démonstration éclatante. Tu as donné sans rien exiger en retour. Tu as fait preuve d'une patience exemplaire face à mes sautes d'humeur. Et moi, aveugle que j'étais, je ne m'en rendais même pas compte. J'imaginais que tu cherchais à m'amadouer après m'avoir trompé.

Il lui caressa le visage avec une douceur et une tendresse dont il ne se savait pas capable.

— Tu as supporté mon comportement odieux. Tu avais

toutes les raisons de te mettre en colère, voire de me planter là, dans mon fichu royaume, mais tu ne l'as pas fait. Tu es restée à mes côtés. Tu m'as écouté débiter mes injures avec un air de compassion. Tu m'as montré à maintes reprises que l'amour est un sentiment bien plus complexe qu'il n'y paraît, et d'une noblesse qui met d'autant plus en évidence ma mesquinerie, ma médiocrité. Tout ce que j'espère à présent c'est que tu m'accordes une chance de me racheter, de te prouver que je peux t'aimer en retour comme tu le mérites.

— Mes émotions, je les ai le plus souvent gardées pour moi, murmura Hélène d'une voix étranglée. Plus d'une fois, j'ai songé à te quitter. J'ai même essayé de te haïr, mais j'en étais incapable. Il y avait toujours la raison, fruit de mon éducation, qui m'empêchait de céder à mes pulsions, qui m'enjoignait de me taire, de rester stoïque et de garder ce masque étouffant.

— Promets-moi de ne plus jamais le porter lorsque nous serons tous les deux, ma chérie. Dans l'intimité, nous ne devons pas être un roi et une reine, mais une femme et un homme.

— Un couple, chuchota-t-elle.

— *Cuore mio*, mon cœur, je te jure que je ferai tout ce qui est en mon pouvoir pour mériter ton pardon.

— Tout ce que je te demande, c'est de me chérir. Faisons table rase du passé et apprenons à notre bébé non seulement à aimer, mais à être aimé comme nous ne l'avons pas été par nos pères.

Elle plongea son beau regard encore brillant de larmes dans le sien.

— Je ne permettrai pas que nos enfants soient envoyés en pension à l'âge de six ans comme toi, ni même de douze comme moi. Et sache que personne ne m'enfermera dans le château de ta grand-mère en pleine montagne, ajouta-t-elle avec un sourire moqueur.

épouse. Personne d'autre n'osait le défier. Elle seule connaissait les émotions intenses qui parfois le submergeaient et qu'il s'efforçait de refouler dans sa quête inlassable pour atteindre la perfection.

C'est ainsi qu'avec le temps il se déverrouilla de l'intérieur et apprit à exprimer ce qu'il ressentait, jamais sur le vif, mais à bon escient.

En contrepartie, Gianluca encouragea sa muse à se débarrasser du carcan de l'éducation stricte dispensée à l'Institut et à dévoiler au public certaines facettes de sa personnalité. Les années passant, la souveraine de Fiammetta devint aussi appréciée pour sa gaieté et son sens de l'humour que pour sa dignité et son efficacité.

Quant aux enfants, elle prit son époux au mot. Après la naissance de leur fille, qui avait hérité de la chevelure noire de son père et des yeux pailletés d'or de sa mère, ils eurent six autres beaux bébés, à intervalles rapprochés. Lorsqu'on les interrogeait sur leur désir de créer une famille si nombreuse, ils évoquaient l'un et l'autre la solitude dont ils avaient souffert en tant qu'enfant unique.

Leur propre progéniture ne choisirait pas forcément la même voie, ajoutait Hélène en riant, car parfois la vie d'une fratrie de sept était mouvementée et fatigante.

En revanche, hormis quelques disputes enfantines sans gravité, leurs bambins étaient tous solidaires. Ils avaient chacun un caractère bien trempé, mais les rires résonnaient plus souvent que les pleurs. Ils ne grandiraient pas dans un environnement familial froid ni tendu, n'auraient pas à se fondre dans le décor pour se faire oublier, ni à douter de l'amour que leur portaient leurs parents. Hélène et Gianluca en avaient fait le serment.

Faith était devenue la sœur que Gianluca n'avait jamais

eue. Fidèle à ses convictions, elle s'était mariée par amour. Hélène avait donné un petit coup de pouce au destin en lui présentant son futur mari, lequel n'était autre que le fils de Lady Lorenza, un aristocrate, universitaire et anthropologue passionnant, mais surtout un homme adorable au physique avantageux.

— Je ne doute pas qu'ils auront des choses à se raconter, avait confié Hélène à son époux avec un sourire entendu.

Et celui-ci n'avait rien trouvé à y redire.

Ce mariage avait eu des conséquences très positives, à commencer par la naissance d'une amitié entre Elettra et Lorenza. Obligées de se fréquenter du fait des circonstances, les deux femmes avaient appris à se connaître réellement, et non au travers de ce que la presse avait pu colporter sur leur compte – encore que ni l'une ni l'autre n'auraient avoué s'adonner à cette lecture. Elles s'étaient découvert de nombreuses affinités.

Ayant pu constater les effets bénéfiques, voire miraculeux quelquefois, des ondes positives qu'émettait son épouse, Gianluca ne s'était pas étonné qu'elles deviennent des amies inséparables.

Des années plus tard, lorsque Elettra lui apprit qu'elle avait été sollicitée pour écrire ses mémoires et qu'elle n'avait pas accepté pour ne pas risquer d'entacher l'image de la famille royale de Fiammetta, il l'encouragea au contraire à se lancer dans ce projet.

— À une certaine époque, personne ne vous a épargnée, Mammina. Il est temps que le public prenne connaissance de votre version de cette histoire. Et libre à vous d'en profiter pour régler des comptes, si bon vous semble.

Il avait également proposé à sa mère de se réinstaller au palais, mais elle avait décliné l'invitation. Elle adorait son manoir au fond du parc et préférait demeurer à proximité de ses chevaux dont elle s'occupait quotidiennement.

À la publication de l'autobiographie qui révélait, non sans retenue, la véritable personnalité du roi Alvize, Gianluca s'était rendu dans la meilleure librairie de la capitale pour acheter le livre. Une démarche qui était passée d'autant moins inaperçue que, contrairement à ses habitudes, il avait pris soin de convoquer la presse sur place à cette occasion.

Et, si certains avaient été choqués par cette initiative, tant pis ! Il ne ressentait plus le besoin permanent de se justifier auprès de son peuple. Ses preuves, il les faisait chaque jour, privilégiant les intérêts de ses sujets avant toutes autres préoccupations.

C'est d'ailleurs ce qu'il avait enseigné à sa fille aînée, la princesse héritière Angelica. Il lui avait notamment appris à ne pas compartimenter sa vie, contrairement à ce que son propre père lui avait enjoint de faire.

— Tu dois régner avec ton cœur et gouverner avec ta tête.

— Qu'adviendra-t-il s'ils sont en désaccord ?

Angelica venait de fêter ses seize ans. Elle avait la vivacité d'esprit et le sérieux de sa mère, laquelle commençait seulement à envisager de se séparer de sa fille pour qu'elle poursuive des études supérieures à l'étranger afin de se préparer à son futur rôle de reine.

— Le cas échéant, avait-il répondu, tu devras procéder à un arbitrage, et je ne doute pas que tu prendras la bonne décision.

Chaque soir, le roi et la reine retrouvaient leur intimité – depuis cette fameuse nuit, ils partageaient la même chambre – et redevenaient un homme et une femme, tout simplement, heureux de savourer un amour qu'ils ne manquaient jamais une occasion de se prouver.

Ils se tenaient la main à l'arrière de la limousine et, parfois même, y cédaient encore à l'appel du désir. Ils dansaient ensemble aux galas de charité auxquels ils assistaient, mais aussi quand ils s'accordaient une soirée en tête à tête, sans les enfants, dans leurs appartements.

Finalement, avait compris Gianluca, les contes de fées existaient vraiment. Et ce n'était certainement pas Hélène qui l'aurait contredit.